La Guarida
del Gusano Blanco

Plutón
Ediciones

COLECCIÓN
MISTERIO

La Guarida del Gusano Blanco

Bram Stoker

TRADUCCIÓN: BENJAMIN BRIGGENT

© Plutón Ediciones X, s. l., 2019

Cuarta Edición: 2025

Diseño de cubierta: Alejandro Díaz
Maquetación: Saul Rojas

Edita: Plutón Ediciones X, s. l.,

           E-mail: contacto@plutonediciones.com
           http://www.plutonediciones.com

Impreso en España / Printed in Spain

I.S.B.N anterior: 978-84-17477-82-0

I.S.B.N: 979-13-87692-12-4
Depósito Legal: B-6627-2025

Estudio Preliminar

El autor irlandés Bram Stoker (1847-1912) tuvo una modesta carrera literaria pero su legado se ha mantenido con vida hasta nuestro días, principalmente por su novela más importante y celebrada: *Drácula*, una aventura gótica narrada de manera epistolar que sirvió de origen para la fascinación del mundo occidental con los vampiros y otras espeluznantes historias basadas en el folklore de Europa del este. Fue publicada en 1897 y era su sexta novela, y la única que demostró ser un verdadero éxito comercial y la que logró otorgarle algo de fama en los círculos literarios. Aunque Bram Stoker nunca dejó de escribir ficción hasta el día de su muerte, la literatura no fue su pasión más importante, fue el teatro. Stoker descubrió su pasión por el teatro en sus años universitarios y después de una breve carrera como crítico, aceptó el cargo de gerente de negocios del teatro Lyceum de Londres, puesto que ocupó por 27 años. Su trabajo lo convirtió en un hombre muy ocupado y cercano a los círculos artísticos de Londres, donde se codeaba con actores, artistas y escritores de la talla de Arthur Conan Doyle y Hall Caine, por mencionar algunos.

La obra de Bram Stoker está llena de novelas y relatos cortos que exploran temáticas muy variadas, sin embargo no se puede negar su predilección por el horror gótico y las aventuras en lugares exóticos. Sus premisas eran sencillas, directas, escritas para entretener al lector. Stoker no tenía la misión autoimpuesta de producir una literatura para la élite, ni para las escritores, sino para la gente que disfruta el escape sin prejuicios de una lectura entretenida, sea cual fuese su tema o mensaje.

En 1911 publica *La Guarida del Gusano Blanco*, presentada en este volumen, apenas un año antes de su muerte, y su última novela. Esta despedida literaria de Stoker se pasea por el territorio, tan familiar para el autor, del vampirismo, las atmósferas opresivas y un reparto variado de personajes, todas estas características importantes de *Drácula*, su obra cumbre.

La novela narra la historia del australiano Adam Salton y su viaje a la casa de su tío Richard, en Inglaterra, donde inmediatamente se ve envuelto en una serie de misterios y ocurrencias inexplicables. *La Guarida del Gusano Blanco* se compone de varias historias entrelazadas por la avasallante y magnética presencia de Lady Arabella, y su extraña relación con la leyenda de una serpiente gigante que supuestamente acecha la región.

Curiosamente, la novela fue editada de nuevo en 1925, con 100 páginas menos, y un orden nuevo de capítulos, pasando de los 40 originales a los 28 de la presente edición. No ha quedado muy claro quién tomó esta decisión, o la razón de la misma, pero definitivamente incluyó a los herederos de Stoker en el proceso. Sin embargo, la novela mantiene ese oscuro encanto gótico del autor en sus descripciones y escenarios, y una narración llena de detalles escalofriantes que no dejarán indiferentes a todos aquellos que busquen en estas páginas una buena historia de vampiros.

Para mi amiga Bertha Nicoll con cariñosa estima.

I. LA LLEGADA DE ADAM SALTON

Adam Salton visitó por casualidad el *Empire Club* de Sydney y encontró aquello que estaba esperando: la carta de su tío abuelo. Hacía menos de un año que había recibido noticias del viejo caballero, Richard Salton, donde este le revelaba su parentesco y le explicaba que no le había podido escribir antes a causa de las grandes dificultades que tuvo para encontrar el paradero de su sobrino nieto. Adam se sintió muy contento y le respondió amablemente. Con frecuencia, había escuchado a su padre hablar del linaje más viejo de la familia con quienes él y los suyos habían perdido el contacto hacía tanto tiempo. Una interesante correspondencia comenzó entre los dos hombres. Por lo que rápidamente, Adam abrió la carta que acababa de llegar, la cual traía una gentil invitación para quedarse todo el tiempo que le fuera posible con su tío abuelo en *Lesser Hill*.

La verdad —escribía Richard Salton— es que espero que usted se instale de modo permanente aquí. Ya sabe, mi querido joven, que somos los últimos descendientes de nuestra familia y sería provechoso que usted me releve cuando llegue el momento. Este año, 1860, cumpliré ochenta y aunque nuestra familia es longeva, mi vida no podrá extenderse más tiempo de los límites prudentes. Estoy preparado para quererlo y para brindarle un hogar todo lo feliz que usted quiera a mi lado. Así que venga tan rápido como reciba esta carta y experimente la bienvenida que deseo darle. Para facilitarle las cosas, le envío una orden de pago bancaria de doscientas libras esterlinas. Venga pronto y podremos disfrutar juntos de algunos días felices. Si está en sus manos otorgarme el placer de su visita, envíeme una carta lo antes posible, indicándome cuándo debo esperarlo. Cuando usted llegue a Plymouth o Southampton, o al puerto a que esté destinado, permanezca a bordo, que yo me uniré a usted inmediatamente.

El octogenario señor Salton se sintió muy satisfecho con la respuesta de Adam y a toda prisa envió un criado a su compañero *sir* Nathaniel de Salis, con la noticia de la llegada de su sobrino nieto a Southampton el próximo doce de junio.

El señor Salton dio instrucciones de tener listo un carruaje a la mañana siguiente del glorioso día. En él se trasladaría hasta Stafford donde tomaría el tren de las once y cuarenta. Esa noche permanecería a bordo con su sobrino —lo que sería una experiencia completamente nueva para él— o, si el joven lo prefería, en un hotel. En cualquier caso, regresarían a casa a la mañana siguiente. Había dado indicaciones a su administrador de enviar un carruaje a Southampton, preparado para el regreso a casa y de tener listos los relevos de los caballos para no retrasar el viaje. Deseaba que su sobrino nieto, que había vivido siempre en Australia, observara parte de la Inglaterra rural durante el viaje. Tenía gran cantidad de caballos que él mismo criaba y adiestraba, esperando que para el joven fuera un viaje inolvidable. El equipaje sería enviado por tren a Stafford, donde sería recogido por otro de sus carruajes. Mientras se dirigía a Southampton, el señor Salton pensaba con frecuencia si su sobrino nieto estaría tan emocionado como él ante la idea de ver a un pariente tan lejano por primera vez. Solo haciendo un gran esfuerzo lograba mantener el control, y la vista sin fin de los rieles y las agujas en la periferia de los muelles de Southampton, despertaron nuevamente su incertidumbre.

Cuando el tren se paró junto al andén de la estación, el anciano cruzó sus manos hasta que de repente se abrió la puerta del vagón con brusquedad y del interior salió un hombre joven.

—Tío, ¿cómo está usted? Lo he reconocido por la fotografía que me envió. Quería conocerlo lo antes posible, pero todo es tan raro para mí que no sabía qué hacer... mas, aquí estoy. Me alegra mucho conocerlo, señor. He imaginado este momento de felicidad durante miles de millas y me doy cuenta de que la realidad supera todas mis ilusiones —y mientras conversaban, el joven y el anciano estrecharon cordialmente sus manos.

El encuentro, que ocurrió de forma tan propicia, continuó aún mejor. Adam, notando que el anciano estaba entusiasmado con la novedad del barco, le sugirió pasar la noche a bordo, señalándole que estaba dispuesto a partir a la hora y en la dirección que él señalara. Esta cordial complacencia para adaptarse a sus planes emocionó inmensamente al anciano. Aceptó animadamente la sugerencia, y se pusieron a conversar de inmediato, no como parientes lejanos, sino como viejos amigos. El corazón del anciano, vacío de cariño durante tanto tiempo, halló un nuevo placer, y en cuanto al joven, la recepción que recibió cuando llegó a este viejo país estaba del todo en orden con los sueños que había tenido en sus vagabundeos solitarios, además, le ofrecía una vida nueva llena de aventuras. En muy corto tiempo, el anciano reconoció plenamente la relación cercana llamándolo por su nombre de pila y después de una prolongada conversación sobre temas e intereses comunes, los dos se retiraron al camarote que iban a compartir. Richard Salton puso sus manos con afecto sobre los hombros del muchacho y aunque Adam ya tenía veintisiete años, para su tío abuelo era, y seguiría siendo para siempre, un muchacho.

—Mi apreciado muchacho, me siento muy feliz de haberlo conocido tal como es, como el joven que siempre quise tener como hijo durante el tiempo en que todavía alimentaba esas esperanzas. No obstante, ya todo eso pertenece al pasado, pues gracias a Dios, hoy empieza una nueva vida para ambos. Será mucho más larga para usted, pero hay tiempo todavía para que compartamos una parte de ella en común. Deseaba verlo para decirle esto, porque creí que sería mejor no vincular su joven vida a la mía hasta haberlo conocido lo suficiente como para argumentar tal aventura. Por lo que a mí respecta, ahora puedo hablar con total libertad, ya que desde el preciso instante en que mis ojos lo vieron a usted, lo vi como a mi propio hijo, del mismo modo como habría sido si la voluntad de Dios hubiera señalado ese camino.

—Señor, claro que lo soy, ¡de todo corazón!

—Gracias por decirlo, Adam —las lágrimas inundaron los ojos del anciano y su voz tembló un poco. Luego, después de un largo silencio entre ambos, continuó diciendo:

—Cuando supe que usted vendría hice mi testamento. Lo natural es que yo cuidara de sus intereses desde ese instante. Aquí se encuentra la escritura, consérvela, Adam. Todo lo que poseo será suyo, y si el amor y los buenos deseos, o su recuerdo, pueden hacer que su vida sea más amable, la suya será con sinceridad feliz. Ahora, mi estimado muchacho, debemos retirarnos. Mañana, partiremos temprano y tenemos un extenso viaje por delante. Espero que no le importe trasladarse en coche. He preparado el viejo carruaje de cuatro ruedas en el que mi abuelo —y su tatarabuelo— se desplazaban hacia la Corte cuando Guillermo IV era rey. Está en perfecto estado —en aquella época se hacía todo muy bien— y lo he mantenido en uso con regularidad. Pero pienso que hice algo mejor, también envié el carruaje en el que yo suelo viajar. Los caballos los crío yo mismo y dispondremos relevos apostados a lo largo de todo el camino. Ojalá le gusten los caballos. Siempre han sido una de las mayores devociones de mi vida.

—Señor, me fascinan los caballos y me satisface poder decirle que tengo unos cuantos. Cuando cumplí dieciocho años mi padre me regaló una granja para criar caballos. Personalmente me he dedicado a ella y he logrado sacarla adelante. Antes de venir, mi administrador me entregó un informe en el que me comunicaba que tenemos más de un millar de caballos, y todos en condiciones insuperables.

—Hijo mío, eso me alegra mucho. Es otro vínculo entre nosotros.

—Piense, señor, qué placentero será para mí conocer Inglaterra de esta manera. ¡Y a su lado!

—Gracias de nuevo, hijo mío. Durante el trayecto le contaré todo lo concerniente a su futuro hogar y sus alrededores. Como ya le mencioné, viajaremos a la antigua usanza. Mi abuelo siempre condujo un coche con cuatro caballos y nosotros haremos lo mismo.

—Oh, gracias, señor, muchas gracias. ¿Me dejará llevar las riendas de vez en cuando?

—Cuando usted lo desee, Adam. El coche es suyo. Todos los caballos que usemos hoy serán suyos.

—Tío, usted es excesivamente generoso.

—Para nada. Solo es el placer egoísta de un anciano. No suele suceder todos los días que el heredero retorne a la vieja mansión de sus antepasados. Y a propósito... No. Es mejor que nos acostemos. Por la mañana le explicaré lo demás.

II. Los Caswall de *Castra Regis*

El señor Salton había sido muy madrugador toda su vida y, necesariamente, solía tener un rápido despertar. No obstante, cuando abrió los ojos a la mañana siguiente —además de que el molesto traqueteo de la maquinaria del barco no lo dejaba seguir durmiendo— se encontró con los ojos de Adam que lo observaban desde su litera. Su sobrino nieto le había dejado el sofá, y él durmió en la litera inferior. El anciano, a pesar de su sorprendente energía y su regular actividad, se hallaba un poco agotado por el largo viaje del día anterior y por la larga y animada conversación que continuó. Así, que se alegraba de tener el cuerpo tranquilo y relajado, mientras su mente se concentraba activamente tratando de retener todo lo que pudiera del inusual ambiente. Adam, por su parte, a causa de las costumbres campestres con la que había sido educado, se despertó al amanecer y se encontraba dispuesto para comenzar las experiencias del nuevo día tan pronto como deseara su compañero de mayor edad. Cuando los dos se percataron de la disposición del otro, saltaron al mismo tiempo de la cama y comenzaron a vestirse. Siguiendo indicaciones previas, el camarero ya tenía listo el desayuno, y en muy corto tiempo, tío abuelo y sobrino nieto bajaron por la pasarela del barco para ir en busca de su carruaje.

Descubrieron al administrador del señor Salton que los buscaba en el muelle, y este los llevó de inmediato al lugar en que los esperaba el carruaje. Richard Salton, con orgullo, le mostró a su joven compañero las múltiples comodidades del vehículo. Cuatro buenos caballos tiraban de él, con un postillón por yunta.

—Observe —le dijo el anciano orgullosamente—, posee todos los lujos necesarios para un viaje placentero: silencio y aislamiento a la vez que rapidez. Nada impide la visión de los que están dentro, y desde fuera, nadie podrá escuchar su conversación. Durante veinticinco años he usado este coche y nunca vi otro más confortable para viajar. Usted mismo lo comprobará de inmediato. Cruzaremos el corazón de Inglaterra y en el camino le continuaré narrando la continuación de la noche anterior. Nuestro camino pasará por Salisbury, Bath, Bristol, Cheltenham, Worcester, Stafford, y a continuación nuestro hogar.

Adam se quedó callado varios minutos, tiempo durante el cual su mirada recorrió continuamente toda la extensión del horizonte.

—Señor, este viaje que haremos hoy —preguntó—, ¿tiene alguna relación con lo que usted quería explicarme anoche?

—Directamente, no, pero indirectamente, todo.

—¿No podríamos conversar sobre eso ahora? No hay nadie que pueda oírnos y si algo no le deja continuar hablando durante el trayecto, hágamelo saber de inmediato. Yo le entenderé.

Así, el viejo señor Salton comenzó a hablar.

—Adam, empecemos desde el principio… su charla sobre *Los romanos en Britania,* de la cual usted mismo me envió una copia escrita, me hizo reflexionar bastante, al mismo tiempo que me orientó acerca de sus gustos. Después, le escribí para invitarlo a casa de inmediato, ya que me pareció que si usted está tan interesado en la indagación histórica —como de hecho parece— este es un lugar idóneo, además de ser la cuna de sus propios orígenes. Si usted pudo instruirse tanto sobre los romanos de Britania en un lugar tan remoto como Nueva Gales del Sur, donde no debe existir ninguna tradición de ellos, cuánto no sería capaz de lograr donde ocurrieron los hechos. El lugar al cual nos dirigimos está en el mismo corazón del viejo reino de Mercia, donde se hallan rastros de las diferentes nacionalidades que conformaron el conjunto que luego se convertiría en Britania.

—Yo creí, más bien, que tendría algún motivo más personal, o una razón más categórica para mi apremio en venir. Sabemos que la Historia puede esperar, a menos que se esté haciendo.

—Totalmente de acuerdo, joven. Sí tengo una razón, como usted inteligentemente adivinó. Deseaba que usted estuviese presente cuando ocurriera un acontecimiento muy importante para nuestra historia local.

—¿Si puedo preguntarlo, de qué se trata?

—Sí puede. El terrateniente principal de esta zona de nuestro condado volverá a su casa y habrá una grandiosa bienvenida que usted podrá observar diligentemente. La situación, desde hace más de un siglo, es que los distintos dueños que se sucedieron han vivido en el extranjero la mayor parte del tiempo.

—¿Y cómo es eso, si se puede saber?

—La inmensa mansión y las tierras que se hallan junto a las nuestras se llaman *Castra Regis*, morada familiar de los Caswall. El último terrateniente que habitó aquí fue Edgar Caswall, abuelo del que va a llegar ahora y el único que estuvo en la casa durante algún tiempo. Su abuelo, que también se llamaba Edgar —han mantenido la costumbre del mismo nombre para todos los primogénitos de la familia—, se enfadó con su familia y se fue a vivir al extranjero, sin mantener ningún tipo de relación con ellos. El descendiente de este Edgar nació, vivió y murió en el extranjero, y su nieto, el último sucesor, también nació y vivió fuera de Inglaterra hasta alcanzar sus treinta años, su edad actual. Él pertenece a la segunda generación de los ausentes. La gran propiedad de *Castra Regis* no ha conocido a sus dueños por cinco generaciones durante más de ciento veinte años. No obstante, ha sido muy bien gobernada y ningún ocupante ha tenido el más mínimo motivo de queja. Es por ello que hay una natural expectativa por conocer al nuevo dueño y todos aguardamos con entusiasmo el suceso de su llegada. Incluso yo, que poseo mis propias tierras completamente separadas, aunque vecinas, de las de *Castra Regis*.

»En este momento nos encontramos en un terreno novedoso para usted —continuó el anciano—. Aquello es el capitel de la catedral de Salisbury. Cuando la ciudad haya quedado atrás, estaremos cercanos al condado romano y, como es natural, usted querrá usar su vista profundamente. En poco tiempo tendremos que dedicarnos a la antigua Mercia. Pero no debe sentirse defraudado. Mi viejo amigo *sir* Nathaniel de Salis, también vecino de *Castra Regis* —su propiedad *Doom Tower* rodea Derbyshire, sobre el Peak— vendrá a pasar los festejos de bienvenida a Edgar Caswall con nosotros. Es precisamente el tipo de hombre que a usted le agradará. Se ha dedicado a la historia y es presidente de la Sociedad Arqueológica de Mercia. Conoce más que nadie esta parte del condado, su historia y su gente. Ojalá que llegue antes que nosotros y que podamos tener una larga conversación los tres, después de la cena. Él también es nuestro geólogo y naturalista local. Así que ambos comparten numerosos intereses comunes. Entre otras cosas, conoce el Peak a la perfección, sus cuevas, y todas sus viejas leyendas desde la época prehistórica.

Pernoctaron en Cheltenham y a la mañana siguiente siguieron con el viaje a Stafford. Los ojos de Adam estuvieron atentos todo el tiempo y hasta que Salton no se percató de que estaban llegando a la última fase de su viaje, no habló de la visita de *sir* Nathaniel.

Llegaron a *Lesser Hill*, morada del señor Salton, al anochecer, pero estaba demasiado oscuro como para lograr ver cualquier detalle alrededor. Adam, solo pudo notar que la casa estaba ubicada en lo alto de una elevación, no tan alta como aquella otra en la que se encontraba el castillo, en cuya torre flameaba un estandarte. Había tantas luces agitándose allí que parecía estar en llamas, por supuesto, a causa de los preparativos de los ya señalados festejos. Adam tuvo que aplazar su curiosidad para el día siguiente. Mientras, su tío abuelo fue recibido por un venerable señor que lo saludó afablemente.

—Llegué lo antes posible, tal como usted quería. Me imagino que él es su sobrino nieto. Señor Adam Salton, estoy encantado de conocerlo, soy Nathaniel de Salis, y su tío es uno de mis más antiguos amigos.

Desde el primer instante en que sus miradas se cruzaron, Adam percibió que ya eran amigos. Este encuentro fue otra muestra adicional de bienvenida que se sumó a las que ya resonaban en sus oídos.

La espontaneidad con que *sir* Nathaniel y Adam establecieron su primer contacto hizo más fácil el intercambio de ideas. *Sir* Nathaniel era un avispado hombre de mundo, que había viajado bastante dedicándose a investigar profundamente determinados temas. Era un brillante conversador, como podía suponerse de un aventajado diplomático aún en las condiciones menos favorables, pero se sintió sorprendido y hasta cierto punto encantado, por la clara admiración del joven y su excelente disposición para escucharlo. Como resultado, la conversación que comenzó en los términos más amigables posibles, pronto se animó y tomó un mayor interés cuando el anciano mencionó los próximos eventos con Richard Salton. *Sir* Nathaniel ya sabía que su viejo amigo quería informar de este asunto a su sobrino nieto, y por ello, durante su viaje entre el Peak y *Lesser Hill*, había puesto en orden sus ideas con el fin de narrarlas y explicarlas de la manera más sencilla posible. A Adam le fue suficiente con escuchar atentamente para obtener casi toda la información necesaria. Cuando terminó la cena y los sirvientes se retiraron dejando a los tres caballeros solos, con sus bebidas y sus cigarros, *sir* Nathaniel empezó a hablar.

—Creo que su tío... por cierto, creo que será mejor nombrarlo a él tío y a usted sobrino, en lugar de usar el término exacto para su grado de parentesco... además, su tío es mi amigo más antiguo y más querido por lo que, con su permiso, dejaré las formalidades y lo llamaré Adam, como si fuera mi propio hijo.

—Nada me agradaría más —contestó el joven.

La respuesta emocionó a los dos ancianos, pero con la reserva que caracteriza a los ingleses cuando se trata de asuntos afectivos que les conciernen personalmente, regresaron por instinto a la conversación anterior. *Sir* Nathaniel comenzó.

—Adam, creo que su tío le ha narrado parte de la historia de la familia Caswall.

—Sí, una parte, señor. Pero tengo entendido que debo escuchar detalles aún más minuciosos de usted, si es tan gentil.

—Me gustará contarle todo aquello que sé. Pues bien, el primer Caswall de nuestro relato es Edgar, cabeza de la familia y dueño de las tierras que tomó posesión de ellas precisamente el año en que Jorge III falleció. Tenía un hijo de aproximadamente veinticuatro años. Hubo un violento altercado entre los dos. Ninguno de su generación tiene la más mínima idea de la razón, pero teniendo en cuenta las características de la familia, podemos imaginar que, aunque comprometido y fiero, en el fondo sería algo insustancial.

»El resultado del altercado fue que el hijo dejó la casa paterna sin reconciliarse ni mencionarle a su padre adónde iba. Nunca regresó a la casa y poco tiempo después falleció sin haber intercambiado palabra ni correspondencia con su padre. Estando en el extranjero contrajo matrimonio y tuvo un hijo a quien, según parece, nunca le contó nada de esta historia. El conflicto que los separaba parecía insalvable y, pasado el tiempo, el hijo se casó y a su vez tuvo descendencia. Pero ni estas alegrías ni tampoco las penas lograron reunir a quienes se habían separado. En semejante situación, no podía esperarse que se produjera acercamiento alguno, y una absoluta indiferencia, originada en el mejor de los casos en la ignorancia de ambas partes, sustituyó al afecto familiar y hasta los intereses comunes. Le debemos, únicamente, a la labor de los abogados el habernos enterado del nacimiento de este nuevo sucesor, quien viene ahora a permanecer unos meses en la morada de sus antepasados.

»Desde aquella discordia, los intereses familiares quedaron sometidos a la sucesión de las tierras. Y como no ha nacido ningún otro niño de generaciones más recientes, ahora, todas las esperanzas están centradas en el nieto de este hombre.

»Ahora bien, es ventajoso que usted tuviera presente las características sobresalientes de esta familia. Se han mantenido sin cambios y han sido idénticas en todos ellos, son imperturbables, egoístas, despóticos, despreocupados por las implicaciones de sus antojos. No es que hayan perdido la fe —pero es un tema que no les interesa— y se toman el cuidado de estudiar con anticipación lo que tienen que hacer para lograr sus objetivos. Si cometen un error en algún momento, otro pagará las consecuencias. Este semblante se repite con tanta constancia que pareciera ser parte de una política instaurada. Por lo tanto, no hay que sorprenderse de que sean cuales sean los cambios que se originen, ellos siempre guardarán, de forma segura, la posesión de sus recursos. Por naturaleza, son totalmente fríos e insensibles, y ninguno de ellos, al menos que se sepa, jamás ha sido víctima del más pequeño sentimiento que lo llevara a desviarse de su camino o a levantar su mano para obedecer los mandatos de su corazón. Todos sus retratos y efigies muestran su vínculo con el antiguo genotipo romano. Poseen ojos grandes, cabello negro como ala de cuervo, espeso y rizado. Son hombres macizos y fuertes.

»Su densa cabellera negra, que les crece hasta la parte baja del cuello, es una muestra de su gran fuerza física y resistencia. Pero lo más relevante en los Caswall son sus ojos. Negros, perspicaces, casi insoportables, parecen encerrar una fuerza de voluntad sobrenatural que no acepta contradicciones. Es un poder en parte racial y en parte individual, un poder dotado de cierta propiedad misteriosa, que podría decirse hipnótica o mesmérica, capaz de eliminar toda capacidad de resistencia a quienes sostienen su mirada. Con unos ojos como esos, ubicados en un rostro sin duda alguna dominante, hay que ser realmente fuerte para lograr resistir esa inexorable voluntad que los alienta.

»Adam, tal vez esté pensando que todo esto es resultado de mi imaginación, particularmente porque jamás he visto a ninguno de ellos. Tiene razón, pero mi imaginación se basa en profundos estudios. He usado todo mi conocimiento y todo lo que podía deducir lógicamente sobre tan particular familia. Con tanto enigma no es raro que circule el rumor de que la familia sufre algún tipo de posesión diabólica y, también, que se difunda la creencia de que algunos de los más remotos antepasados le vendieron su alma al Diablo.

»Pero creo que ahora lo mejor que haríamos es irnos a dormir. Mañana continuaremos y deseo que su mente esté despejada y sus facultades a punto. Asimismo, quisiera que me acompañara en mi ronda matutina, durante la cual podremos analizar, mientras el tema esté fresco en nuestras mentes, la distintiva disposición de este lugar, no solo de las tierras de su tío abuelo, sino de toda la zona que se desarrolla a su alrededor. Hay ciertos fenómenos incomprensibles de los cuales podemos buscar —y a lo mejor encontrar— explicaciones. Cuantos más detalles conozcamos de partida, más sencillo será para nosotros comprender aquello que veamos con nuestros propios ojos.

III. La arboleda de Diana

La curiosidad logró que, a la mañana siguiente, Adam saliera de la cama muy temprano. Pero después de haberse vestido, al bajar las escaleras comprobó que a pesar de haber sido tan madrugador *sir* Nathaniel había madrugado aún más. El anciano caballero ya estaba listo para su extensa caminata y ambos salieron al momento.

Sin decir ni una palabra, *sir* Nathaniel tomó el camino del este que descendía de la colina. Después de haber bajado y vuelto a subir, se hallaron en el borde oriental de una empinada loma, de menor altura que la del castillo, pero ubicada de tal forma que dominaba las otras elevaciones que formaban la cordillera. A todo lo largo de esta, las rocas surgían frías y desnudas creando un rústico encastillamiento natural. La forma de la cordillera era un fragmento circular con las cimas más altas hacia el oeste. En el centro, en su punto más alto, se alzaba el castillo. Entre los distintos bultos rocosos había grupos de árboles de tamaño y variado espesor, entre muchos de los cuales emergían lo que, bajo la clara luz de la mañana, parecían ruinas de viejas construcciones. Estas —fueran lo que fueran— estaban realizadas de piedras sólidas de color gris, posiblemente calizas talladas de manera rudimentaria, al menos que tomaran esta forma por motivos naturales. La inclinación del terreno era tan marcada a lo largo de la cordillera, que aquí y allá, los árboles, las rocas y las edificaciones parecían sobresalir sobre la lejana llanura a través de la que brotaban cuantiosos arroyos.

Sir Nathaniel se paró y miró a su alrededor, como si no quisiera perderse nada de aquel esplendoroso efecto. El sol, que por el este subía hacia el cielo, hacía visibles hasta los más intrascendentes detalles. Con el brazo extendido le hizo señas a Adam, como para llamar su atención sobre la totalidad de la visión. Luego, redujo la marcha, como invitándolo a observar los detalles. Adam, que era un solícito alumno muy bien dispuesto, siguió estos movimientos con precisión, tratando de no perderse nada.

—Adam, lo he traído hasta aquí porque parece el sitio más adecuado para iniciar nuestras investigaciones. En este instante, frente a usted, tiene casi la totalidad de lo que fue el viejo reino de Mercia. En efecto, desde aquí podemos observarlo en su conjunto, salvo la parte más lejana cubierta por las Marcas Galesas, lo que nos oculta la elevación del terreno al oeste desde donde estamos. En teoría, podemos observar la totalidad del límite oriental del reino que se desarrollaba hacia el sur desde el Humber hasta el Wash. Quiero que, mentalmente, tome nota de la distribución del terreno, porque un día de estos, tarde o temprano, tendremos que imaginarlo cuando analicemos las antiguas tradiciones y supersticiones, y tratemos de encontrarles una explicación *rationale.* Las leyendas y las supersticiones que reunamos, nos permitirán comprender y, seguramente, aclarar otras. Además, como todas tienen un origen local, nos aproximaremos a la verdad —o a su versión más cercana— mientras conocemos a fondo las realidades de este lugar según vayamos cruzándolo. Este reconocimiento del área nos permitirá acceder a realidades geológicas ya estudiadas. Así mismo, los materiales de construcción usados en las distintas épocas pueden brindar datos de interés a unos ojos bien atentos. Las mismas alturas, formas y composiciones de estas elevaciones —y mucho más incluso, las de la inmensa planicie que se explaya entre el mar y nosotros— han sido objeto de interesantes publicaciones.

—¿Por ejemplo, señor? —preguntó Adam, aventurando un comentario.

—Mire, observe aquellas colinas que circundan a la principal, sobre la que muy sabiamente se decidió construir el castillo. Mire las otras. Hay algo manifiesto en cada una de ellas y, posiblemente, también algo que no es visible y verificable, pero cuya realidad se puede suponer.

—¿Por ejemplo? —continuó Adam.

—Observemos una a una. Aquella del este, donde se ven árboles, la más baja de todas, fue en la antigüedad la ubicación de un templo romano, seguramente levantado sobre las ruinas de un templo druídico. Su nombre hace alusión a los primeros y el bosque de viejos robles alude a los segundos.

—¿Me lo puede explicar?

El nombre antiguo, traducido, significa "La arboleda de Diana". Observe ahora aquella otra colina un poco más elevada y adyacente a la anterior. Es llamada "*Mercy*", probablemente por una corrupción o una local familiarización de la palabra *Mercia,* la cual es de indudable repercusión romana. Por documentos muy viejos sabemos que este sitio se llamaba *Vi lula Misericordia* y que, originalmente, era un convento de monjas instaurado por la reina Bertha pero derribado por el rey Penda, restaurador del paganismo después de la muerte de San Agustín. De inmediato, llegamos a los dominios de su tío, *Lesser Hill.* Aunque se hallan muy cercanos al castillo, no forman parte de esa propiedad. Constituyen un feudo independiente, y por lo que se conoce, de similar antigüedad. Y siempre han sido propiedad de su familia, Adam.

—Entonces, nos queda por último el castillo.

—Así es. Pero su historia encierra todas las historias de las otras colinas, es más, la historia de la antigua Inglaterra.

Sir Nathaniel, continuó al ver la interesada curiosidad en el rostro de Adam:

—La historia del castillo no tiene principio, al menos uno que nosotros sepamos. Los registros, sospechas o deducciones más remotas simplemente toman cuenta de su existencia. Algunas de estas suposiciones, si podemos llamarlas así, señalan que ya había algún tipo de edificación cuando vinieron los romanos. Por lo que debe haber sido un emplazamiento importante en la época de los druidas, si es que su historia comienza en aquel momento. Por supuesto, los romanos ocuparon el lugar, como solían hacer con todo aquello que era o que podía llegar a ser útil. El cambio se evidencia, o al menos se infiere, en el nombre que ellos le dieron: *Castra*. Era el lugar más alto y resguardado de la zona y por ello se convirtió en el más trascendente de los campamentos. Al estudiar los mapas queda demostrado que el lugar debió ser un importante punto estratégico, ya que protegía los puntos de avanzada en el norte y al mismo tiempo afirmaba el dominio de la costa marítima. Protegía las terrazas escalonadas del oeste, más allá de las cuales estaba el peligro y el bárbaro país de Gales. También facilitaba un medio de acceso al río Severn, que rodeaba las grandes calles romanas creadas en aquel momento y hacía posible el gran camino fluvial hacia el centro de Inglaterra a través de él y de sus afluentes. Unía el este y el oeste por senderos más rápidos y menos peligrosos que los que se conocían en aquel momento. Y por último, permitía una manera de descender sobre Londres y toda la llanura cubierta por el Támesis.

»No es difícil imaginar que para las nuevas hordas invasoras (anglos, sajones, daneses y normandos) semejante punto estratégico —conocido y organizado— se transformara en una deseable posesión que asegurara sus defensas. En los siglos primitivos fue solo una ubicación ventajosa, pero cuando los conquistadores romanos trajeron con ellos sus resistentes y macizas fortificaciones, impenetrables con los armamentos de aquel tiempo, su majestuosa y aislada situación mantuvo seguro su conveniente equipamiento y fortificación. Así, pasado el tiempo, este fortificado recinto de los Césares se convirtió en el castillo del rey local. Como aún desconocemos los nombres de los primeros reyes de Mercia, ningún historiador ha tenido la osadía de suponer cuál de ellos fue el que lo transformó en su fortaleza suprema y he de imaginar que nunca lo sabremos. Con el transcurrir del tiempo, al ir avanzando el arte de la guerra, las fortificaciones crecieron en tamaño y eficiencia, y aunque no tenemos detalles registrados en las crónicas, su historia está escrita en las piedras de las edificaciones y es posible deducirla por los cambios arquitectónicos. Más tarde, las revueltas que siguieron a la conquista de los normandos eliminaron hasta el último rastro de las antiguas fortificaciones. Hoy nos toca aceptar que es uno de los castillos más antiguos de la conquista, y que, posiblemente, no es posterior al periodo de Enrique I. Tanto romanos como normandos coincidieron en su capacidad para apreciar la importancia práctica de algunos lugares estratégicos, por lo que estas elevaciones contiguas, ya establecidas y comprobada su utilidad, fueron preservadas. Y, hoy por hoy, nos instruyen mucho sobre los hechos que debieron ocurrir en el pasado lejano.

—Poseemos información sobre estas alturas fortificadas —continuó *sir* Nathaniel—, pero también las grutas tienen su historia. Pero, ¡que rápido pasa el tiempo! Tendremos que darnos prisa y regresar, porque si no, su tío se va a preguntar qué ha pasado con nosotros.

Y *sir* Nathaniel avanzó a grandes pasos en dirección a *Lesser Hill* seguido por Adam, quien muy pronto se vio obligado a correr, disimuladamente, para no quedarse atrás.

IV. Lady Arabella March

—No hay prisa —señaló el señor Salton al empezar a desayunar— pero tan rápido como estén listos saldremos. Antes que nada, quiero llevarlos a ver la sorprendente reliquia de Mercia y después iremos a Liverpool, cruzando lo que todo el mundo llama "el gran valle de Cheshire". Si espera algo portentoso o memorable se desilusionará —dijo, hablando con Adam—, uno no pensaría que es un valle a menos que se lo hayan mencionado con anterioridad y que uno tenga total confianza en quien lo dice. Vamos a llegar al muelle de desembarque justo a tiempo para ir al encuentro del *West African* en el que vendrá el señor Caswall. Entonces, podremos rendirle honores y será más grato habernos encontrado con él antes de ir a la fiesta en el castillo.

El mismo carruaje que habían usado el día anterior ya estaba preparado, pero esta vez era llevado por otros caballos igual de majestuosos y diligentes. Al terminar el desayuno los tres hombres subieron al carruaje, sin perder tiempo. Los mozos ya habían recibido instrucciones y con rápida marcha se pusieron en camino. Al cabo de un rato, cumpliendo una orden del señor Salton, el carruaje se paró frente a un gran montículo de piedras al lado del camino.

—En este lugar, Adam —señaló el anciano—, hay algo que usted, menos que nadie, no puede dejar pasar por alto. Este montículo de piedras nos lleva al alba del remoto reino anglo. Empezó a levantarse hace más de mil años, en la segunda mitad del siglo VII como recuerdo de un asesinato. Wulfere, el rey de Mercia, sobrino de Penda, en este lugar asesinó a sus dos hijos por abrazar el cristianismo. De acuerdo a la costumbre de aquellos tiempos, cada persona que transitara por este lugar debía lanzar una piedra al montículo conmemorativo. Penda personificó la reacción pagana después de las misiones de San Agustín. Si usted lo desea, *Sir* Nathaniel podrá narrarle todo lo que desee sobre esto y lo pondrá en la ruta de conocimientos muy puntuales.

Mientras observaban el cúmulo de piedras, vieron que otro carruaje se paraba al lado de ellos. Su solitaria pasajera los miraba con curiosidad. El carruaje era un cacharro pesado y obsoleto, que mostraba un suntuoso escudo. Los tres hombres se quitaron el sombrero cuando su ocupante, una dama, se dirigió a ellos.

—¿Cómo está usted, *sir* Nathaniel? ¿Y usted, señor Salton? Espero que no hayan sufrido ningún accidente. ¡Miren lo que me ha pasado a mí, en cambio!

Mientras hablaba les mostró uno de los pesados muelles de su coche, que se había partido de modo transversal dejando ver el brillo del metal desgarrado. Inmediatamente, Adam intervino:

—Oh, pero eso puede repararse rápido.

—¿Rápido? No hay nadie cerca que pueda reparar una rotura de ese tipo.

—Yo puedo.

—¡¿Usted?! —y observó, incrédula, al joven y atractivo caballero que hablaba—. ¿Por qué usted? ¡Es un trabajo de obrero!

—Está bien. Yo soy un obrero, aunque este no sea el único trabajo que suelo hacer. Soy australiano y en nuestro país tenemos que trasladarnos a muy largas distancias y nos gusta hacerlo con rapidez, por lo que estamos adiestrados para este tipo de trabajo. Señora, me pongo a su disposición…

—No sabría cómo corresponder a tanta gentileza, de la cual me voy a aprovechar gustosamente. No se me ocurre qué otra cosa podría hacer, ya que quiero ir al encuentro del señor Caswall de *Castra Regis*, que hoy llega desde África. Su regreso es muy importante para nosotros los de la región —entonces, se detuvo a observar a uno de los ancianos y rápidamente adivinó su identidad—. Usted debe de ser el señor Adam Salton de *Lesser Hill*. Yo soy lady Arabella March de "La arboleda de Diana", y mientras hablaba se giró ligeramente hacia el señor Salton, quien captó la indirecta e hizo la presentación formalmente.

De inmediato, Adam, haciendo uso de algunas herramientas del carruaje de su tío, comenzó a reparar el muelle partido. Era un experto en ese asunto y la rotura quedó reparada muy pronto. Adam estaba guardando las herramientas empleadas —que estaban esparcidas por todos lados según el hábito de los obreros— cuando notó que algunas serpientes negras habían salido del montículo de piedras y lo estaban rodeando. Inquieto por la situación, no puso atención a nada más hasta que observó a lady Arabella abrir la puerta del carruaje y bajar de él con un movimiento presuroso y callado.

Se encontraba cerca de las serpientes cuando Adam le dio un gritó de advertencia. Pero ella parecía no necesitarla. Las serpientes dieron media vuelta y sinuosamente regresaron al montón de piedras con toda la prisa de que fueron capaces. Adam se rio para sí y susurró por lo bajo: "No necesita tener miedo. Ellas parecen tener más miedo de lady Arabella que al revés". No obstante, se puso a dar golpes en el suelo con un palo que recogió en el camino, como si estuviera habituado a lidiar con semejantes alimañas. En un instante, estuvo solo en el montículo con lady Arabella, que no parecía para nada afectada por el incidente. Entonces, la observó con detenimiento y lo primero que le llamó la atención fue su vestido. Era blanco, de un tejido muy fino, ajustado a su cuerpo y mostrando en cada movimiento su curva figura. Sobre su cabeza llevaba una ajustada gorra de piel fina de un brillante color blanco. Rodeando su níveo cuello llevaba puesto un enorme collar de esmeraldas, cuya exuberancia de colores encandilaba al sol que fulguraba sobre sus cabezas. Tenía una voz muy especial, profunda, dulce y tan suave que su tono dominante parecía un silbido. Sus manos también eran especiales, largas, blancas, flexibles y se movían de un lado a otro de una forma singular, como un pausado serpenteo.

Lady Arabella parecía sentirse muy relajada y después de darle las gracias a Adam, le notificó que si cualquiera del grupo se dirigía hacia Liverpool ella estaría encantada de acompañarlos.

—Mientras se encuentre aquí, señor Salton, considere los dominios de "La arboleda de Diana" como si fuesen suyos. Usted puede entrar y salir de ellos igual que lo hace en *Lesser Hill*. Hay ciertas vistas extraordinarias y muchas curiosidades naturales, que estoy segura le interesarán si usted es investigador de la historia natural, en especial, de la más antigua cuando la tierra aún era joven.

El arrebato con el que hablaba y el calor de sus palabras —los cuales contradecían sus fríos y distantes modales— hicieron sospechar a Adam. Entretanto, *sir* Nathaniel y su tío habían respondido a la invitación de lady Arabella, señalando que no podían aceptarla. Adam tuvo la impresión de que, aunque ella señaló que lo lamentaba mucho, en realidad se sentía aliviada. Por eso no le causó sorpresa cuando estando a solas con los dos ancianos en el coche y avanzando de nuevo, *sir* Nathaniel expresó:

—Tengo la impresión de que fue un alivio para ella poder librarse de nosotros. Está claro que puede jugar mejor su juego si está sola.

—¿De qué juego está hablando? —preguntó Adam sin reflexionar.

—Muchacho, lo sabe todo el condado, Caswall es un hombre muy rico. El marido de lady Arabella también era muy rico —al menos lo parecía— cuando se casó con ella. Pero cuando se suicidó, se supo que no tenía bienes que dejar y que la propiedad estaba totalmente hipotecada. Su única esperanza es casarse de nuevo con otro hombre rico. Me imagino que no será necesario que le haga ninguna conclusión, usted mismo puede hacerla con la misma habilidad que yo.

Adam se mantuvo en silencio casi todo el tiempo que les llevó cruzar el llamado "Valle de Cheshire". Durante el trayecto reflexionó mucho y llegó a varias conclusiones, aunque sus labios permanecieron cerrados. Una de estas conclusiones era que debía ser muy cuidadoso de no mostrar un particular interés por lady Arabella. Su fortuna era tan grande, que ni siquiera su tío la imaginaba, y no cabía duda de que se llevaría una sorpresa al saberlo.

Lo que restaba del viaje a Liverpool fue aburrido. Cuando llegaron al puerto, subieron a bordo del *West African,* el cual acababa de atracar en el muelle. En la nave se encontraron con el señor Caswall, a quien su tío se presentó primero, para luego introducir a *sir* Nathaniel y a su sobrino Adam. El recién llegado los recibió con benevolencia y les señaló lo placentero que era para él regresar al viejo origen de sus antepasados después de tan larga ausencia. Adam quedó complacido por la familiaridad de la recepción, pero no pudo evitar una sensación de desagrado al ver la cara de aquel hombre. Trataba de superarlo con todas sus fuerzas, pero la llegada de lady Arabella lo distrajo. Todos se complacieron con la distracción, pues a los tres les había inquietado una expresión tan dura, cruel, egoísta y dominante como la del señor Caswall. La reflexión común fue: "¡Dios cuide a los que caigan bajo el embrujo de este hombre!".

Después de un rato, se aproximó a Caswall su sirviente africano, visión esta que logró que los tres hombres cambiaran de inmediato su primera impresión. Caswall, en efecto, parecía un salvaje, pero era un salvaje ilustrado. Había marcas en él, no importa lo primarias que fueran, de muchos siglos de moderadora civilización y de muchas de las elevadas virtudes del ser humano. En contraste, el rostro de Ulanga, como lo llamaba su amo, era el de un ser que nada ni nadie había moderado o suavizado y dejaba ver todos los síntomas horrendos de un hijo de las selvas y los pantanos, perdido y bajo el dominio del diablo. Lady Arabella y Ulanga llegaron casi al mismo tiempo y Adam se sorprendió al ver la reacción que sus respectivos semblantes causaron en el otro. La mujer parecía como si no quisiera, ni estuviera dispuesta a transigir a darle la más mínima importancia a aquella criatura. Por otra parte, la conducta del sirviente evidenciaba la insolencia de ella. La trataba, no como un esclavo se dirige a su amo, sino como un creyente lo hace con su dios. Ulanga se arrodilló frente a ella con las manos extendidas y la frente en el suelo. Lady Arabella permaneció sin moverse y lo mismo hizo el negro hasta que ella le habló a Caswall, entonces, el sirviente abandonó su pose de adoración y se mantuvo, humildemente, a cierta distancia.

Adam hizo una pausa para conversar con su propio servidor, Davenport, quien acababa de llegar junto al administrador de *Lesser Hill*. Ambos los habían seguido en un carruaje tirado por un poni. Mientras dialogaban, Adam señaló a un amable camarero del barco, y muy pronto ambos hombres conversaban animadamente.

—Creo que ya debemos retirarnos —le señaló el señor Salton a su sobrino—. Tenemos cosas que hacer en Liverpool y puedo asegurar que el señor Caswall y lady Arabella estarán ansiosos por emprender el viaje hacia *Castra Regis*.

—Señor, yo también tengo algo que hacer —replicó Adam—. Quisiera encontrar al señor Ross, ese que vende animales, ya que me agradaría llevar a casa una mascota pequeña si a usted no le molesta. Es un animalito intrascendente que no le causará problemas.

—Claro, muchacho. ¿Qué tipo de animal quiere?

—Una mangosta.

—¿Una mangosta? ¿Para qué?

—Para matar serpientes.

—¡Claro! —el anciano pensó en el montículo de piedras, por lo que no fueron necesarias más explicaciones.

Cuando Ross escuchó lo que quería Adam, le preguntó:

—¿Desea algo especial, o estará bien con una mangosta corriente?

—Bueno, por supuesto que deseo una buena mangosta. Pero no hay necesidad de un animal especial. Es para uso doméstico.

—Voy a mostrarle todas las que tengo para que usted escoja. Le hice la pregunta porque tengo una que me acaba de llegar de Nepal. Es muy especial y tiene su propia historia. Mató a una cobra real que penetró en los jardines del rajá. Pero, en nuestro clima frío no creo que existan serpientes de ese tipo. Con una mangosta común será suficiente.

Cuando Adam volvió al carruaje, cargando la caja de la mangosta con cuidado, *sir* Nathaniel le preguntó:

—Adam, ¿qué tiene allí?

—Una mangosta.

—¿Para qué?

—Para matar serpientes —*Sir* Nathaniel rio.

—Oí una invitación que le hizo lady Arabella para conocer "La arboleda de Diana".

—¿Y qué relación tiene una cosa con la otra?

—Directamente, nada, que yo sepa. Pero, ya veremos —el anciano prosiguió mientras Adam lo escuchaba—. ¿Por casualidad ha escuchado el nombre que tenía este lugar antiguamente?

—No, señor.

—Lo llamaban... Pero este tema es motivo para una larga conversación. Esperemos a encontrarnos solos y a tener bastante tiempo por delante.

—Está bien, *sir* Nathaniel —Adam destilaba curiosidad, pero creyó que lo mejor era esperar. Todo llegaría a su debido momento. Entonces, los tres hombres volvieron a casa, dejando al señor Caswall, que pernoctaría en Liverpool.

A la mañana siguiente los moradores de *Lesser Hill* se dirigieron hacia *Castra Regis* y durante un largo rato Adam no pensó más en "La arboleda de Diana", ni en los misterios allí escondidos o que aún podían esconderse.

Había una aglomeración de invitados, pero los personajes importantes tenían reservados lugares especiales. Adam, observando tantas personas de diferentes condiciones sociales, buscó a lady Arabella con la vista pero no pudo encontrarla. La llegada de Caswall fue anunciada por su viejo carruaje y por los gritos de bienvenida que lo escoltaban. Entonces, viendo el carruaje con más atención, Adam descubrió que lady Arabella, vestida igual que la encontró la última vez, estaba sentada al lado de Caswall. Cuando el carruaje se estacionó frente a la alta escalera, el anfitrión saltó a tierra y le tendió su mano a la dama.

Se hizo evidente para todos que la principal invitada de la celebración era ella. No transcurrió mucho tiempo sin que fueran ocupadas las sillas ubicadas sobre la tarima, mientras que los granjeros y los invitados de menor importancia se situaban en los rincones no reservados. El orden del día había sido escrupulosamente preparado por una delegación. Así que hubo ciertos discursos, afortunadamente, ni muy cortos, ni muy largos. Luego, Caswall circuló entre sus invitados, deteniéndose a conversar con todos amigablemente y a manifestarles su más amable bienvenida. Los otros invitados de honor bajaron del estrado siguiendo su ejemplo, y se pusieron a hablar gentilmente entre ellos sin ningún tipo de ceremonia.

Adam Salton, que seguía con la vista aquel espectáculo que surgía frente a él, mentalmente tomaba nota de todo aquello que podía ofrecer algún interés. Él era joven, varón y un extranjero que venía de un país lejano. De allí que su interés apuntaba más hacia las mujeres que hacia los hombres, y entre las damas, aquellas que eran jóvenes y hermosas. Entre el público, había grupos de atractivas muchachas, y Adam, que también era joven y de buen aspecto, atrapó una buena parte de las miradas de admiración de ese sector, lo cual pareció no afectarlo, y permaneció quieto hasta que llegó un grupo de tres personas, que por sus trajes y modales eran de clase campesina. El primero era un fuerte anciano, las otras eran dos hermosísimas muchachas. Una, de un poco más de veinte años, la otra un poco menor. En el preciso momento en que los ojos de Adam se encontraron con los de la más joven, que era la más cercana a él, una descarga eléctrica recorrió su cuerpo. A esta especie de destello divino, que comienza como reconocimiento y culmina en rendición, los hombres la dan el nombre de "amor".

Sus dos compañeros notaron de inmediato el encanto que la linda joven había despertado en Adam y hablaron de ella de una manera que él agradeció seriamente.

—¿Se ha fijado en ese grupo que acaba de pasar? El viejo es Michael Watford, es uno de los granjeros inquilinos del señor Caswall. Trabaja en *Mercy Farm*, uno de los sitios que *sir* Nathaniel le señaló ayer. Las jóvenes son sus nietas, la mayor, Lilla, es hija única del hijo mayor de Watford, quien murió cuando ella tenía apenas un año de edad. El mismo día murió su madre. Es una chica encantadora, tan buena como hermosa. La otra joven es su prima, hija del segundo hijo de Watford, quien se alistó en el ejército cuando apenas tenía veinte años y fue asignado a las colonias. Aunque siempre fue un estupendo hijo, escribía muy poco desde allá. Cada vez fueron llegando menos cartas hasta que su padre fue avisado, por el coronel de su regimiento, de que había sido asesinado por los nativos de Birmania. De igual modo, se enteró de que su hijo se había casado con una birmana y que dejaba una hija de solo un año. Watford hizo venir a la niña y esta creció junto a Lilla. Lo único que se supo sobre su nacimiento fue que tenía por nombre Mimi. Las dos niñas se amaban mutuamente y lo siguen haciendo hasta el día de hoy. Resulta extraño lo diferentes que son. Lilla es totalmente rubia, como concierne a la vieja estirpe sajona de donde desciende y Mimi, en cambio, presenta facciones típicas de la raza de su madre. Lilla es dulce como un pajarillo, por el contrario, los ojos negros de Mimi pueden llegar a lanzar fugo si hay algo que la molesta. Pero solo se la ve de ese modo cuando sucede algo que puede dañar a Lilla. Entonces, sus ojos resplandecen igual que los de un águila cuando algo pone en riesgo a sus polluelos.

V. EL GUSANO BLANCO

El señor Salton le presentó al señor Watford y sus dos nietas a Adam, y luego se retiró en compañía de *sir* Nathaniel. Está claro que cualquier vecino en la posición de los Watford sabía todo lo relativo a Adam, su vínculo, su situación económica y sus posibilidades. Así que hubiera sido raro que ambas muchachas no hubieran hecho planes con relación al futuro. En la Inglaterra agrícola suele haber escasez de hombres casaderos en cualquier clase social y Adam era un caso particular ya que no era miembro de ninguna clase social con fuertes barreras de casta. Por eso, cuando todos empezaron a notar que Adam caminaba al lado de Mimi Watford, y que parecía muy satisfecho con su compañía, todos los amigos de la muchacha trataron de darle una mano a tan prometedor galanteo. Cuando el gong sonó llamando para el banquete, Adam y Mimi entraron juntos en la tienda donde su abuelo tenía situados sus asientos. El señor Salton y *sir* Nathaniel se percataron de que el joven no había ocupado el lugar que tenía reservado en la mesa colocada sobre el estrado, pero se dieron cuenta de su intención y no hicieron ninguna observación, o al menos simulaban que no advertían su ausencia.

Lady Arabella estaba ubicada, igual que antes, a la derecha de Edgar Caswall. Indudablemente era una mujer atractiva y muy poco común y, por su condición y cualidades personales, parecía estar destinada a ser la compañera que el heredero escogiera en su primera presentación pública. Evidentemente, ninguno de los miembros de su propia clase que se hallaban allí presentes dijo nada abiertamente, pero no son necesarias las palabras cuando se puede decir tanto por medio de una inclinación de cabeza y una sonrisa. Parecía ser algo tácito que finalmente habría una señora en *Castra Regis*, y todos pensaban en lady Arabella como candidata. No obstante, no faltaban aquellos que incluso admitiendo su encanto y belleza, la ponían en segundo lugar. Según ellos, el primero sería para Lilla Watford. Entre ambas había mucha diferencia de belleza y carácter como para argumentar comentarios a favor. Lady Arabella representaba la aristocracia y Lilla la plebe.

Cuando comenzó a caer la tarde, el señor Salton y *sir* Nathaniel regresaron a casa caminando —el coche había sido enviado de vuelta mucho antes— dejando que Adam decidiera la hora de volver. Sin embargo, ocurrió mucho antes de lo esperado y parecía muy molesto por algo. Ninguno de los dos ancianos dijo nada, ambos encendieron sus cigarrillos y, como se acercaba la hora de cenar, subieron a sus habitaciones para refrescarse. Mientras tanto, Adam había estado pensando. Cuando se unió a los otros en el salón, era evidente que estaba molesto y ansioso, situación que sus compañeros observaban en él por primera vez. Pero, con la paciencia —o la experiencia— que da la longevidad, dejaron que él solo explicara los hechos. No hubo que esperar mucho. Después de sentarse a la mesa y permanecer un tiempo sin moverse, Adam estalló inesperadamente.

—Ese personaje parece creer que es el dueño de toda la Tierra. No puede dejar tranquilo a nadie. Está convencido de que para él es suficiente con lanzar su pañuelo a una mujer para hacerla suya.

Aquella manifestación era muy explicativa en sí misma. Únicamente un afecto contrariado de alguna forma podía causar tales sentimientos en un muchacho cordial y bien educado. *Sir* Nathaniel, que era un viejo diplomático, tenía unas dotes propias para reconocer la verdadera esencia de ciertas cosas, por lo que preguntó súbitamente, aunque con voz indiferente y poco elegante:

—¿Acaso andaba detrás de Lilla?

—Sí, y el hombre no perdió tiempo. Tan pronto como se encontraron, comenzó a cortejarla y a decirle lo hermosa que era. Y antes de dejarla, él mismo se autoinvitó a tomar el té mañana en *Mercy Farm*. ¡Burro estúpido! Debería percatarse de que la joven no es de su condición. Nunca vi algo parecido. Eran como un halcón y una paloma.

Mientras Adam se desahogaba, *sir* Nathaniel se volvió hacia el señor Salton dirigiéndole una aguda mirada que involucraba comprensión.

—Adam, cuéntenos todo. Aún nos quedan unos cuantos minutos antes de cenar y todos tendremos más apetito cuando hayamos logrado sacar una conclusión en este asunto.

—Señor, no hay nada que contar. Y eso es lo peor de todo. Debo admitir que no hubo ni una sola palabra que se pueda refutar. Él fue muy educado y todo aquello fue muy respetable, como debe ser entre un caballero y la hija de uno de sus arrendatarios... No obstante, no puedo decir por qué, pero hay algo que me hizo hervir la sangre.

—¿De dónde sacó eso del halcón y la paloma? —preguntó *sir* Nathaniel con voz serena y reconfortante, sin exagerada curiosidad ni oposición, es decir, con el tono más apropiado para estimular una confesión.

—Difícilmente podría explicarlo. Solo puedo mencionar que él parecía un halcón y ella parecía una paloma. Y ahora que lo pienso, eso es exactamente lo que parecían, y lo parecían muy naturalmente.

—¡Vaya, vaya! —murmuró con voz suave *sir* Nathaniel.

Adam continuó:

—Quizás sea su apariencia de romano antiguo lo que me incomoda. Pero quisiera protegerla, me parece que está en peligro.

—Si la joven está en peligro, el motivo, hasta cierto punto, son todos los jóvenes como usted. No pude dejar de darme cuenta del modo en que usted mismo la estaba mirando, como si quisiera devorarla.

—Jovencitos, espero que ustedes sepan mantener sus cabezas frías —señaló el señor Salton—. Adam, usted sabe que no sería para nada oportuno un altercado entre ambos, particularmente, siendo tan reciente el regreso de él a su hogar y la llegada de usted aquí. Debemos considerar los sentimientos y la felicidad de nuestros vecinos. ¿No lo cree?

—Así es, señor. Puedo asegurarle que sin importar lo que ocurra, o incluso nos amenace, yo obedeceré sus deseos en esto igual que en todo lo demás.

—¡Silencio! —susurró *sir* Nathaniel, que escuchó acercarse a la servidumbre por el pasillo cuando traían la cena.

Después de cenar, mientras comían nueces y tomaban vino, *sir* Nathaniel retomó el asunto de las leyendas del lugar.

—Probablemente, es un tema de conversación menos arriesgado que el de hace un momento.

—Está bien, señor —dijo Adam gentilmente—. Creo que ya puede contar conmigo para cualquier conversación que sea. Hasta podría hablar acerca del señor Caswall. De hecho, mañana nos encontraremos. Como ya les mencioné, él irá a *Mercy Farm* a las tres de la tarde y yo tengo una cita a las dos.

—Ya veo que no ha perdido el tiempo —dijo el señor Salton.

Ambos ancianos, una vez más, se miraron con resolución entre ellos. Luego, temiendo que el ánimo del joven cambiara por la demora, *sir* Nathaniel comenzó nuevamente.

—No me planteo narrarle todas las leyendas de Mercia, ni tampoco una selección de ellas. Creo que lo mejor será, teniendo en cuenta nuestros propósitos, precisar algunos hechos sobre esta comunidad, verificados o no. Vamos a empezar con "La arboleda de Diana". Ese lugar tiene raíces en distintas épocas de la historia local y cada una de estas ha generado su propia cosecha de leyendas. Los druidas y los romanos se hallan demasiado alejados de nosotros para darnos detalles. Pero pienso que los sajones y los anglos se encuentran lo suficientemente cerca para contribuir con material de leyendas folklóricas. Una de las primeras cosas que comprobamos fue que ese lugar tenía un nombre diferente a "La arboleda de Diana", notoriamente de origen romano o griego tomado como romano. El antiguo nombre es más exuberante que el romano para sugerir aventuras y fábulas. En el idioma de Mercia significaba "La madriguera del gusano blanco". Y aquí se hace necesaria una breve explicación:

»Los orígenes de la lengua inglesa, la palabra "gusano" (*worm*) tenía un significado muy diferente al que tiene actualmente. Era una adaptación de la palabra anglosajona *wyrm,* que significaba dragón o serpiente, o tal vez fue tomada del gótico *waurms,* que designa a la serpiente, o del islandés *ormur,* o del germano *wurm.* De todo esto podemos deducir que en su origen expresaba una idea de poder y tamaño, no como en la actualidad que se ha transformado en el diminutivo de los dos significados. Aquí, es donde las viejas leyendas pueden ayudarnos. Por ejemplo, veamos la bien conocida leyenda del "Pozo del gusano", procedente del castillo de Lambton, o la del "Repugnante gusano de Spindleston Hengh", vecina a Bamborough. En ambas leyendas, el "gusano" era un monstruo de gran poder y tamaño, un verdadero dragón o serpiente que moraba en inmensos pantanos o ciénagas con espacio ilimitado para crecer. Una visión al mapa geológico de esta región nos muestra que sea cual sea la verdad con relación a la verdadera existencia de estos monstruos en los tiempos más antiguos, esos pantanos eran los únicos lugares capaces de ocultarlos. Originalmente, en Inglaterra existían gigantescas llanuras regadas profusamente por corrientes de agua lentas y profundas, y estaban plagadas de cuevas de insondable profundidad, donde igualmente podía hallar refugio cualquier monstruo prehistórico, sean cuales fueren su género y dimensiones. En estos terrenos que estamos viendo a través de nuestras ventanas existen agujeros cuya profundidad es mayor de cien pies. ¿Quién podría señalar cuándo terminó la era de los monstruos que crecieron en el fango? Deben haber existido lugares y condiciones ambientales que hicieron factible que estos seres alcanzaran mayor longevidad, tamaño y fuerza, aunque dichos pantanos debieron desaparecer en tiempos prehistóricos. Sin embargo, en la actualidad, la mayoría de las personas cree imposible la existencia de estas monstruosas criaturas aunque se han encontrado huellas en nuestros días, cuando no, ciertos animales que nos hacen pensar en bestias de tamaño extraordinario, verdaderos supervivientes de épocas prehistóricas, resguardados en sus madrigueras por alguna condición especial. Recuerdo que hace un tiempo, conocí en la India a un hombre que tenía fama de ser un gran *shikaree,* quien me contó que la mayor frustración que experimentó en su vida fue no haber podido disparar a una colosal serpiente que encontró una vez en el monte Terai, al norte del país. Fue durante el trayecto de una cacería de tigres cuando su elefante que cruzaba un *nullah* se puso a dar alaridos inesperadamente. El cazador miró hacia abajo desde su *howdah* y observó que el elefante había pisado el cuerpo de una serpiente que se movía entre la maleza. "Por lo que pude ver —me dijo—, debía medir de ochenta a cien pies de largo hacia cada lado del camino y era tan gruesa como el torso de un ser humano. Me imagino que usted sabe que en las cacerías de tigres, quienes participan se comprometen a no disparar sobre otros animales, a menos que sus vidas se encuentren en peligro. Yo hubiera podido matar cómodamente a aquel monstruo, pero sabía que no debía hacerlo. Así, que lamentándolo mucho, la dejé ir".

»Piense en un monstruo semejante en esta zona y de inmediato podrá dibujar una imagen de los "gusanos" de nuestras leyendas, los cuales probablemente concurren en los grandes pantanos que se encuentran en las desembocaduras de muchos ríos europeos.

—Señor, no pongo en duda de que existe la posibilidad de que tales monstruos, como usted señala, existan aún en una época tan tardía con relación a la que suele aceptarse normalmente para su existencia —dijo Adam—. También creo, que si tales seres aún existen, este lugar sería ideal para ellos. Estoy intentado recordar todos los detalles que usted me ha señalado sobre la configuración particular de esta zona. Pero tengo la impresión de que en alguna parte del razonamiento, hay un vacío. ¿No habrá dificultades mecánicas?

—¿En qué sentido?

—Pues verá, nuestro monstruo prehistórico tiene que haber sido una bestia de mucho peso y las distancias que recorrería serían largas y por caminos complicados. Las grutas subterráneas sobre las que estamos sentados ahora tienen una profundidad de varios cientos de pies. Si dejamos de lado otras medidas, ¿cómo es posible que hubiera agujeros por los que el monstruo pudiera salir a la superficie y bajar nuevamente sin que nadie los haya encontrado todavía? Claro que existen las leyendas. Pero, ¿en una investigación seria, no es necesaria una prueba más irrefutable?

—Mi estimado Adam, usted tiene razón en todo lo que está diciendo, y si queremos comenzar una investigación, lo mejor que podemos hacer es seguir tal razonamiento. Pero, mi querido joven, usted debe recordar que todo esto pudo suceder hace miles y miles de años. También debe recordar que no poseemos el tipo de testimonios que podría ayudarnos, además de que los susodichos lugares eran zonas solitarias y deshabitadas. En la infinita desolación de aquellos lugares y adaptándose a las condiciones necesarias, deben haber ocurrido tal cantidad de extraños fenómenos naturales que sorprenderían a hombres como nosotros. La madriguera de un monstruo de tales dimensiones podría permanecer intacta durante cientos de miles de años, ya que estos seres deben haberse ocultado en lugares totalmente inaccesibles para el hombre. Hundidas en los pantanos a cientos de pies de profundidad, hallarían refugio y estarían protegidas del exterior por los inmensos lodazales que en la actualidad ya no existen, o solamente existen en contados sitios. Pero está muy lejos de mí creer que en épocas más antiguas no hayan podido ocurrir tales cosas. Las circunstancias se correspondían con otra era geológica y el principio del proceso evolutivo de la vida —cuando se desataron las fuerzas naturales y la lucha por la supervivencia— era tan brutal que solo los animales con tamaños colosales tenían oportunidad de sobrevivir. Gracias a los estudios geológicos hoy sabemos que esa época sí existió. Pero no podremos exigir nunca el hallazgo de las evidencias que solicita nuestra época. Solo podemos hacer suposiciones o imaginar cosas a partir de tales o cuales escenarios naturales, o de tales o cuales sucesos ambientales ya superados.

VI. EL HALCÓN Y LA PALOMA

A la mañana siguiente, mientras *sir* Nathaniel y el señor Salton estaban sentados para tomar el desayuno, Adam entró atropelladamente en la habitación.

—¿Qué hay nuevo? —preguntó su tío espontáneamente.

—Cuatro.

—¿Cuatro qué? —preguntó ahora, *sir* Nathaniel.

—Serpientes —dijo Adam mientras se servía una porción de riñones asados.

—¿Cuatro serpientes? No entiendo.

—La mangosta —dijo Adam, y a modo de explicación agregó—, estuve afuera con la mangosta hasta las tres de la mañana.

—¡Cuatro víboras en una noche! No sabía que hubiera tantas en el Brow (nombre local del acantilado occidental). Espero que nuestra tertulia de anoche no haya sido el motivo.

—Sí lo fue, señor. Aunque no de manera directa.

—¡Dios mío! ¡No creería usted que iba a encontrar una serpiente como el gusano de Lambton! Asimismo, para que una mangosta pueda atacar a semejante monstruo, si es que existe, tendría que ser más grande que un bloque de heno.

—Estas eran serpientes normales, tan grandes como un bastón.

—Bueno, es agradable saber que, grandes o pequeñas, nos hemos librado de ellas. No podemos dudar de que la mangosta es buena y que podrá limpiar la zona de tales alimañas —dijo el señor Salton.

Adam continuó comiendo serenamente. Para él, cazar serpientes en la madrugada no era una experiencia nueva. Cuando concluyó su desayuno, dejó el comedor y se fue al estudio que su tío le había preparado. *Sir* Nathaniel y el señor Salton entendieron que deseaba estar solo, y se abstuvieron de hacerle preguntas o hablar de la visita que iba a realizar esa tarde. No volvieron a saber de él hasta media hora antes de cenar, cuando tranquilamente entró en la sala de fumar donde el señor Salton y *sir* Nathaniel estaban esperando, apropiadamente vestidos para la noche.

—Supongo que será inútil darle largas. Sería mejor que afrontáramos el asunto de una vez por todas —señaló Adam.

Su tío, tratando de facilitar las cosas al joven, preguntó:

—¿Qué asunto?

Al oír la pregunta, hubo una señal de prudencia en su rostro. Comenzó tartamudeando un poco, pero conforme iba avanzando, su voz volvió a recuperar su acostumbrada firmeza.

—Mi visita a *Mercy Farm*.

El señor Salton esperaba impaciente y el viejo diplomático solo sonreía.

—Creo que ustedes dos ayer se dieron cuenta de que yo estaba muy interesado por los Watford —esta oración no encontró réplica ni defensa y ambos ancianos se limitaron a sonreír amablemente. Adam continuó:

—Tenía la intención de contárselo todo a ustedes dos. Tío, a usted porque es el pariente más cercano que tengo, y además por su excelente hospitalidad y sus cuidados conmigo que no podrían ser superados ni que fuese mi propio padre.

El señor Salton no dijo nada. Solo le dio la mano y Adam la tomó sosteniéndola durante algunos segundos.

—Y a usted, *sir* Nathaniel, porque me ha manifestado un afecto que ni siquiera en mis más sorprendentes sueños hubiera pensado que tenía derecho a esperar —se detuvo unos segundos, verdaderamente conmovido.

Sir Nathaniel suavemente, posó su mano sobre el hombro del joven.

—Tiene usted razón, muchacho, toda la razón. Es la mejor manera de enfocar todo esto. Y puedo afirmar que nosotros, viejos y sin hijos propios, podemos sentir cómo nuestros corazones se encienden cuando escuchamos palabras como esas.

Entonces Adam aceleró su discurso, como si quisiera llegar rápidamente al tema central.

—El señor Watford no se encontraba en casa, pero sí Lilla y Mimi, quienes me recibieron con extrema gentileza. Ambas manifiestan un gran aprecio por mi tío. Y de cualquier forma, me alegro por ello, ya que ambas me gustan mucho. Estábamos tomando el té cuando el señor Caswall llegó acompañado por el negro y Lilla les abrió la puerta. La ventana del salón de estar de la granja es bastante grande, por lo que es inevitable ver a través de ella a cualquier persona que se dirija hacia la casa. El señor Caswall señaló que se había aventurado a llamar porque tenía deseos de conocer a todos sus granjeros de un modo menos formal y más personal que lo que había sido posible el día previo. Las dos muchachas lo recibieron atentamente. Son unas jóvenes muy dulces, señor, algún día algún hombre será muy feliz con cualquiera de ellas.

—Y ese hombre podría ser usted, Adam —señaló afablemente el señor Salton.

En ese momento, una sombra de pesar cubrió los ojos del joven y el fuego que su tío había visto en ellos se apagó. También, el timbre de su voz cambió, dejando entrever una honda nostalgia.

—Eso llenaría toda mi vida. Pero me temo que esa felicidad no es para mí, a no ser después de mucho sufrimiento, daño y agonía.

—¡Pero si hace apenas dos días que las conoce! —gritó efusivo *sir* Nathaniel.

El joven volvió hacia él sus ojos, bañados de tristeza.

—Ayer, o incluso, hasta hace pocas horas, esa frase me habría llenado de esperanzas y entusiasmo, pero desde entonces he sabido demasiadas cosas…

El anciano, conocedor del corazón humano, no se atrevió a oponerse.

—Muchacho, es muy pronto para dejar la lucha.

—No soy el tipo de hombre que abandonan la batalla— objetó el joven seriamente—. Pero, después de todo, lo más razonable es admitir la verdad. Y cuando un hombre, no importa su edad, siente lo que yo sentí al ver los ojos de Mimi por primera vez, y desde ayer lo sigo sintiendo, el corazón se le inquieta. No hay necesidad de que les explique nada. Ustedes lo saben.

En la habitación se hizo un gran silencio y durante ese tiempo el atardecer comenzó a cubrirlos imperceptiblemente. Fue Adam quien nuevamente rompió el silencio.

—¿Tío, sabe usted si algún miembro de nuestra familia ha tenido algún tipo de "segunda visión"?

—No, que yo sepa. ¿Por qué?

—Porque tengo una certeza —contestó Adam con lentitud— que parece obedecer a todos los síntomas de una segunda visión.

—¿Qué quiere decir? —preguntó el anciano, muy preocupado.

—Pues, lo que ya se sabe. Aquello que en las islas Hébridas y en otros sitios donde esta visión es un culto y una creencia, y que se conoce como "el juicio final", el juzgado que no admite apelación. Con frecuencia he oído hablar de la segunda visión ya que en Australia hay muchos escoceses. Y esta tarde, en solo un minuto, he aprendido más sobre su correcto significado que en toda mi vida pasada. He visto frente a mí una pared sólida e inalcanzable, tan alta y tan oscura que ni siquiera la mirada de Dios podría atravesarla. Pues bien, si el juicio final ha de llegar, que llegue. Es todo.

La voz de *sir* Nathaniel preguntó afectuosa, amable y grave.

—¿No hay posibilidad de luchar contra ello? Es posible hacerlo con la mayoría de las cosas.

—Con la mayoría de las cosas sí, pero no con el juicio final. Yo haré todo lo que esté en mis manos como ser humano. Habrá, tiene que haber, una contienda. Cómo, cuándo y dónde, no lo sé, pero habrá lucha. Después de todo, ¿qué podría hacer un hombre en esa posición?

—Adam, somos tres —Salton miró a su viejo amigo mientras hablaba, y los ojos de este resplandecieron.

—Es verdad, somos tres —contestó con voz resonante.

Otra vez se produjo una pausa y seguidamente *sir* Nathaniel trató de regresar a un terreno menos emocional y más neutral.

—Nárrenos el resto de aquel encuentro. Recuerde que los tres nos hemos comprometido en este asunto. Es un combate *à l'outrance*, y no podemos darnos el lujo de perder o malgastar ninguna oportunidad.

—No desaprovecharemos, ni perderemos nada que pueda sernos de utilidad. Se lucha para ganar y el premio es la vida. Tal vez, una vida, ya se verá —y Adam continuó hablando con el mismo tono de voz que usó cuando relató la llegada de Edgar Caswall a la granja.

—Cuando llegó el señor Caswall, el negro que lo acompañaba se mantenía a corta distancia. Eso me hizo creer que se mantenía esperando su llamada y que trataba de mantenerse visible o al alcance de su audición. Mimi puso otra taza, hizo té nuevamente y lo bebimos juntos.

—Pero, ¿qué tiene eso de extraño? ¿No era una visita amistosa? —preguntó *sir* Nathaniel con voz tranquila.

—Completamente amistosa. No noté nada fuera de lo común, salvo —y cuando lo mencionó su voz se endureció levemente— que Caswall observaba fijamente a Lilla, de una manera completamente inaceptable para cualquier hombre que sienta algún tipo de afecto por ella.

—¿De qué forma la miraba? —preguntó *sir* Nathaniel.

—En sí, no había nada ofensivo en su mirada, pero no era posible ignorar que había algo extraño.

—Usted se dio cuenta. Ni la señorita Watford, que es la víctima, ni el señor Caswall, que es el ofensor, nos servirán de testigos. ¿Alguien más pudo darse cuenta?

—Mimi. Su rostro enrojeció de ira al ver aquella mirada.

—Pero… ¿qué tipo de mirada fue? ¿Excesivamente fogosa? ¿De admiración? ¿Era la mirada de un hombre enamorado o la de un hombre deseoso de estarlo? ¿Entiende lo que quiero decir?

—Sí, señor, entiendo perfectamente. No aprecié nada de eso. Tal vez, debido a que me había propuesto mantener la sangre fría, porque así lo prometí.

—Y si no era la mirada de un enamorado, ¿cuál era la amenaza? ¿Dónde está el ultraje?

Adam sonrió mansamente.

—No era la mirada de un enamorado. Es más, si lo hubiera sido, era de esperarse. Yo sería el último hombre sobre la Tierra que le pondría objeciones, puesto que yo mismo soy culpable en ese sentido. Por otro lado, no solo he aprendido a luchar con lealtad, sino que creo que soy, por naturaleza, un hombre justo. Sería tan abierto y liberal con un rival como me gustaría que él lo fuera conmigo. Pero no, la mirada de la que hablo no era de esa clase. Y he de admitirlo de buen grado que no le faltaba al debido respeto. ¿Alguna vez ha estudiado usted los ojos de un perro?

—¿Parado?

—No, cuando sigue su instinto. O, mejor aún —continuó Adam—, los ojos de un ave de rapiña cuando sigue su presa. No cuando cae sobre ella, sino cuando la está observando desde lejos.

—No —contestó *sir* Nathaniel—, nunca hice nada igual. ¿Puedo preguntarle, por qué?

—Porque esa era la mirada. De ningún modo era una mirada amorosa o algo similar. Era —y eso fue lo que verdaderamente me impresionó— más peligrosa, por no decir mortífera, que cualquier otra amenaza concreta.

De nuevo se hizo otro silencio, que *sir* Nathaniel rompió al levantarse.

—Pienso que lo mejor será que cada uno de nosotros piense por su cuenta acerca de todo esto. Más tarde podremos conversar nuevamente sobre el asunto.

VII. Ulanga

El señor Salton tenía un compromiso en Liverpool a las seis de la tarde. Cuando este partió, *sir* Nathaniel tomó a Adam por el brazo.

—¿Me deja acompañarlo un rato hasta su estudio? Quiero conversar con usted en privado, sin que su tío lo sepa, ni siquiera el tema de la conversación. ¿No le importa, verdad? No es vana curiosidad. No, no. Se trata de la cuestión en la que estamos comprometidos.

—¿Y es necesario dejar a mi tío sin saber de lo que vamos a hablar? Podría molestarse.

—No, no es necesario, pero sí lo considero aconsejable. Se lo estoy pidiendo justamente por su bien. Mi amigo es algo mayor y esto podría inquietarlo en exceso o incluso alarmarlo. Le doy mi palabra de que no habrá nada en nuestro silencio que pueda provocarle molestia o incomodidad.

—Adelante, señor —dijo Adam, escuetamente.

—Su tío ya es un anciano. Lo sé porque hemos crecido juntos. Él ha llevado una vida pacífica y algo retirada, por lo que el más intrascendente de los acontecimientos que están sucediendo ahora podría alterarlo por su novedad. De hecho, cualquier novedad es difícil de soportar para nosotros los viejos. Ya tenemos nuestras propias preocupaciones y ansiedades, y ninguna de estas cosas son recomendables para las vidas tranquilas que deberíamos tener. Su tío es un hombre fuerte, de carácter risueño y reposado. Con salud y las condiciones adecuadas, no hay motivo para que no viva cien años. Por eso, tanto usted como yo que lo amamos, aunque de modos diferente, tenemos la obligación de resguardarlo de cualquier influencia que pueda trastornarlo. Usted estará de acuerdo conmigo en que todo esfuerzo que tenga esa finalidad se dará por bien empleado... Está bien, muchacho. Ya vi la respuesta en sus ojos. No tenemos que decir nada más. Y ahora —entonces su voz cambió de tono— cuénteme todo lo que ocurrió en esa entrevista. Nos estamos enfrentando con hechos insólitos, quizás más extraños de lo que podemos imaginar por el momento, Sin duda, mucho de lo que ahora se encuentra oculto detrás de un velo nos será mostrado claramente con el tiempo. Mientras, lo único que podemos hacer es dirigirnos pacientemente, con valentía y desinterés, hacia una meta que nos parece correcta. Quedamos en el momento en que Lilla le abrió la puerta al señor Caswall y al negro. También señaló que Mimi se mostró muy molesta por la manera en que el señor Caswall observaba a su prima.

—Así es, aunque "molesta" es una palabra demasiado ligera para expresar su molestia.

—¿Podría usted evocar la escena, describir los ojos de Caswall y la forma en que Lilla se comportaba, y lo que dijo o hizo Mimi? ¿Cuál era el comportamiento de Ulanga, el sirviente africano de Caswall?

—Señor, haré lo posible. Caswall miraba fijamente a Lilla todo el tiempo. Sus ojos permanecían inmóviles, pero no estaba en trance. Su frente se veía arrugada, como cuando uno quiere mirar a través o dentro de algo. Su expresión, que nunca se mostró reposada ni en los mejores momentos, parecía casi diabólica mientras se concentraba en ver los ojos de Lilla. Todo esto asustó tanto a la pobre muchacha que comenzó a temblar, y al rato estaba tan pálida que creí que iba a desmayarse. Sin embargo, pudo resistir y trató de mantener la mirada, pero débilmente. Entonces, Mimi se sentó junto a ella y le tomó la mano. El gesto le dio fuerzas y, sin dejar de posar sus ojos en él, recuperó el color y volvió a ser ella misma.

—¿Él también la miraba fijamente?

—Más que nunca. Mientras más se debilitaba Lilla, más fuerte se hacía él, era como si se alimentara de la energía de ella. Inesperadamente, Lilla dio media vuelta, elevó sus brazos en alto y cayó al suelo desmayada. No pude ver lo que ocurrió en ese preciso instante ya que Mimi estaba agachada junto a ella y la cubría. Entonces, algo se interpuso entre ambos como una sombra. Era el negro que, más que nunca, parecía un perverso diablo. Habitualmente, no suelo ser un hombre paciente y la vista de ese feo demonio fue suficiente para que mi sangre comenzara a hervir. Cuando él notó la congestión de mi cara, pareció percatarse del riesgo, un riesgo inmediato, y salió de la habitación tan silenciosamente como si hubiera sido arrastrado por un soplo de viento. No obstante, descubrí algo, el negro es un enemigo como nunca nadie lo ha tenido previamente.

—¡Eso hace que seamos tres contra dos! —resaltó *sir* Nathaniel.

—En ese momento, Caswall se escabulló, igual que lo había hecho el negro. Y cuando él se fue, Lilla se recuperó de inmediato.

—Y ahora dígame —continuó *sir* Nathaniel, deseoso por recuperar la calma—, ¿ha logrado descubrir algo sobre ese negro? Me gustaría estar al tanto de todo aquello que tenga que ver con él. Presiento que tendremos, o podemos tener, muchos problemas por su causa.

—Sí, señor, sé muchas cosas sobre él. Por supuesto, no es información oficial, pero en un principio debemos orientarnos por los rumores. Usted ya conoce a mi secretario personal, Davenport, él es mi hombre de confianza en los negocios y mi factótum habitual. Yo puedo contar con su lealtad y dedicación y a cambio él goza de toda mi confianza. Le pedí que se quedara a bordo del *West African* y que entre los tripulantes del barco recopilara toda la información que lograra obtener sobre el señor Caswall. Como es natural, lo sobrecogió el salvaje. Sonsacó a uno de los camareros del barco, que había realizado innumerables travesías hacia África del Sur. Conocía a Ulanga y lo había visto muy de cerca. Es un hombre que tiene buen trato con los negros, por lo que estos suelen abrirle sus corazones. Parece ser que Ulanga era una persona importante en su país de origen. Era poseedor de las dos cosas que los hombres de su color respetan más: podía aterrorizar a los demás y era generoso con el dinero. No sabemos de dónde obtenía el dinero, pero eso no es lo importante ahora. Todos los de su raza siempre estaban dispuestos a pregonar su poder. Un poder maléfico, claro está, pero eso no le importa a nadie. Esta es su historia en pocas palabras: Inicialmente, él era un cazador de brujas, la ocupación más deplorable que existe entre los aborígenes salvajes. Posteriormente, ascendió y se convirtió en *obi-man,* lo que le permitió beneficiarse por medio del chantaje. Al final, alcanzó el más alto honor en favor del infierno. Se convirtió en practicante de vudú, que parece ser una práctica de máxima bajeza y ferocidad. Me contaron algunas de sus despreciables hazañas, que son simplemente repugnantes, lo que me hace querer tener la oportunidad de ayudarlo a regresar al infierno. Puede pensarse que basta con observarlo para darse cuenta de la extensión de su bajeza. Pero es una vana esperanza. Los seres de su estirpe pertenecen a un nivel de barbarie más antiguo y primario. En ese sentido, se podría decir que es un tipo listo, aunque por ello no es menos peligroso o abominable. La tripulación del barco también me ha mencionado que es un coleccionista. Y algunos de ellos han visto sus colecciones. ¡Vaya colecciones! Todo aquello que representa la fuerza del mal, bajo la forma de ave, bestia o pez. Picos que pueden romper, desgarrar y lacerar. Todas las aves representadas son depredadoras. Hasta los peces que posee son de variedades nacidas para destruir, herir y torturar. La colección, me atrevo a asegurarlo, es una odiosa prueba de la maldad humana. El mal que se refleja en los rasgos de este ser es suficiente para asustar al más fuerte de los hombres. No es de extrañarse que Lilla sufriera un desmayo al verlo.

Sin poder hacer nada más por el momento, los dos hombres se separaron.

Adam se levantó a la mañana muy temprano y fue a dar un paseo largo por el acantilado. Cuando pasó frente a "La arboleda de Diana", miró en la dirección de la corta avenida de árboles, donde había arrojado las serpientes que la mangosta había matado la mañana anterior. Allí estaban en fila, derechas y rígidas, como si hubieran sido puestas así por alguna mano. La piel de los animales se veía húmeda y pegajosa, y estaban cubiertas de hormigas y otros insectos. Parecían tan asquerosas que después de aquella ligera ojeada, Adam siguió su camino.

Poco después, mientras su andar lo llevaban con toda naturalidad en dirección a la entrada de *Mercy Farm*, vio pasar al negro moviéndose con rapidez para esconderse en la sombra de los árboles. En uno de sus brazos, extendido con rigidez, llevaba las serpientes muertas, que parecían toallas sucias colgando de una barra. No pareció darse cuenta de la presencia de Adam. Tampoco se veía a nadie en *Mercy Farm*, salvo algunos obreros en el corral. Así, que después de esperar un rato, con la esperanza de ver a Mimi, Adam comenzó un perezoso regreso a casa.

De nuevo, alguien más lo alcanzó y siguió de largo en el camino. Esta vez fue lady Arabella, que avanzaba rápidamente y parecía tan enfurecida que no le respondió ni siquiera cuando él hizo un gesto para saludarla.

Cuando Adam volvió a *Lesser Hill*, fue a los establos donde había guardado la caja con la mangosta. La tomó con la idea de finalizar el exterminio que había iniciado la mañana anterior en el montículo de piedras. Descubrió que las serpientes se dejaban atrapar más fácilmente que al atardecer y durante la primera media hora murieron por lo menos seis. Como no aparecieron más serpientes, dio por terminado su trabajo aquella mañana y retornó a casa. Durante ese tiempo, la mangosta se había acostumbrado a Adam y estaba dispuesta a dejarse manejar con libertad por él. Este la levantó del suelo, se la colocó sobre el hombro, y de esa forma retomó el camino. Luego, observó que una mujer avanzaba hacia él y reconoció que era lady Arabella.

Hasta ese instante la mangosta había estado serena como un perrito faldero, pero cuando se acercaron a la mujer, Adam se espantó al observar que la mangosta se enfurecía violentamente, se le erizaban los pelos del lomo y, saltando de su hombro, corría hacia lady Arabella. Se veía tan exaltada y lista para atacar, que Adam le gritó advirtiéndole del peligro.

—¡Cuidado! ¡Tenga cuidado! El animal está enfurecido y tiene intención de atacarla.

Lady Arabella que parecía más altiva que nunca siguió su camino sin alterarse. Entonces, la mangosta saltó sobre ella, atacándola. Adam avanzó levantando su bastón que era lo único que poseía. Pero en el momento en que se acercaba a la mujer, esta sacó un revólver y disparó contra el animal dividiendo en dos su espina dorsal. No contenta con ello, siguió disparando una bala tras otra hasta vaciar el cargador. Ahora, desaparecieron la frialdad y la arrogancia de su expresión. Su rostro se había transformado con una espantosa mueca de odio y parecía más furiosa y más dispuesta a matar que el mismo animal cuando se lanzó al ataque. Adam, que no supo qué hacer, se despidió quitándose el sombrero, y se apresuró a regresar a *Lesser Hill*.

VIII. Supervivencias

Mientras almorzaban, *sir* Nathaniel notó que Adam estaba inquieto por algo, pero no lo mencionó. El aprendizaje del silencio se aplica mejor en la edad madura que en la juventud. Cuando los dos llegaron al estudio, donde *sir* Nathaniel lo había acompañado, Adam empezó a narrarle a su compañero lo ocurrido esa mañana. Según avanzaba con la narración, *sir* Nathaniel tomaba una expresión cada vez más sombría, y cuando Adam terminó, se mantuvo en silencio por varios minutos antes de hablar.

—Lo que usted me está narrando es muy grave. Aún no tengo una opinión formada, pero a primera vista me da la impresión de que todo esto es peor de lo que yo imaginaba.

—¿Por qué, señor? —preguntó Adam—. ¿Cree usted que el asesinato de una mangosta, no importa por quién, es un asunto tan serio?

Sir Nathaniel fumó reposadamente durante algunos minutos antes de comenzar a hablar.

—Cuando haya tenido tiempo de pensar, a lo mejor cambie de opinión, pero mientras, me parece que hay algo aterrador detrás de todo esto, algo que podría cambiar nuestras vidas, que tal vez podría implicar la muerte de alguno de nosotros.

Adam se levantó súbitamente.

—Señor, dígame en qué está pensando. Por supuesto, si no tiene problemas en hacerlo o si no piensa que lo mejor es guardar silencio.

—No tengo objeciones, Adam. Es más, si las tuviera, tendría que vencerlas. Creo que ya no podemos tener pensamientos con reservas entre nosotros.

—Ciertamente, señor, sus palabras son muy serias, ¡más que serias!

—Adam, me temo que llegó el momento en que, al menos entre nosotros, debemos hablar con absoluta franqueza. ¿No cree usted que hay algo espantosamente misterioso en todo esto?

—Lo he pensado todo el tiempo, señor. La mayor dificultad es saber qué pensar y por dónde comenzar.

—Comencemos por lo que usted acaba de narrarme. Primero observemos el comportamiento de la mangosta. Era un animal tranquilo, incluso amigable y afectuoso con usted. Solo atacaba a las serpientes, que, después de todo, era su función en la vida.

—¡Así es!

—Entonces, debemos hallar el motivo por el cual atacó a lady Arabella.

—¿Será probable que una mangosta tenga el instinto de atacar, sin que la naturaleza le haya otorgado la capacidad de razonamiento necesaria para diferenciar a quién ataca?

—Sí, podría ser de esa forma. Pero, con todo lo sucedido, ¿no piensa usted que deberíamos averiguar lo que la estimuló a atacar? Si durante siglos este animalito es reconocido por atacar únicamente a una especie de animales, ¿no estaríamos obligados a aceptar que si atacó a otro animal, que no forma parte de aquella especie, será porque ha reconocido en el último alguna característica común con su atávico y natural enemigo?

—Excelente razonamiento, señor —dijo Adam—, pero muy arriesgado. De continuar, nos llevaría a concluir que lady Arabella es una serpiente.

—Antes de llegar a tal conclusión, debemos asegurarnos de no haber dejado pasar por alto ningún detalle importante que nos pueda ayudar a resolver la incógnita que nos preocupa.

—¿Por ejemplo?

—Bueno, vamos a suponer que los instintos se basan en una base física, por ejemplo, el olfato. Si en la persona atacada hubiera algo de reciente uso o aproximación que tuviera el mismo olor, esto nos daría, seguramente, el motivo que nos falta.

—¡Indudablemente! —dijo Adam con certeza.

—De acuerdo con lo que usted acaba de narrarme, el negro venía precisamente de "La arboleda de Diana" llevando en su brazo las serpientes muertas que la mangosta había matado la mañana anterior. ¿Será factible que el olor se haya propagado de esa forma?

—Es muy posible y muy probable. No se me había ocurrido pensar en ello. ¿Existirá alguna manera de averiguar el tiempo aproximado que perdura un olor? Como puede ver en este caso, se trata de un olor natural que puede venir de un lugar donde ha permanecido activo por miles de años. Por lo que yo me pregunto, ¿podría el olor de una especie traer consigo alguna forma o cualidad de otra, sea esta buena o mala? Se lo pregunto porque el antiguo nombre de la morada en la que reside la dama que fue atacada por la mangosta era "La madriguera del gusano blanco". Si algo de todo lo que estamos suponiendo es posible, nuestras dificultades serán indefinidas. Cambiarían de naturaleza. Podríamos competir con dificultades morales y, antes de darnos cuenta, hallarnos en el núcleo mismo de una batalla entre el bien y el mal.

Sir Nathaniel sonrió con gravedad.

—Con relación a su primera pregunta, por lo que tengo entendido, no existe un tiempo fijo para la duración de un olor. Pero no creo que debamos presumir que un olor pueda permanecer por miles de años. En lo relativo al cambio moral que puede acompañar a cualquier cambio físico, lo único que puedo señalar es que no he hallado ninguna prueba de tal situación. Igualmente, debemos recordar que el "bien" y el "mal" son palabras tan amplias que debemos estimarlas en el esquema total de la creación con todo lo que es sobrentendido a ellas y a sus respectivas acciones y reacciones. Hablando de manera general, podría decir que dentro del planteamiento de la primera causa cualquier cosa es posible. Mientras las fuerzas esenciales o las propensiones de cualquier cosa se mantengan ocultas para nosotros, debemos presumir cierto tipo de misterio.

—Hay otro tema sobre el que me gustaría saber su opinión. Imagine que existen algunas fuerzas permanentes, que pertenecen al pasado, a las que podríamos nombrar "supervivencias". ¿Será que estas podrían pertenecer tanto al bien como al mal? Por ejemplo, si el aroma de un ser primitivo puede mantenerse proporcionalmente a su fuerza original, ¿será que puede ocurrir lo mismo con aquellas cosas que conciernen a las fuerzas del bien?

Sir Nathaniel pensó durante un instante antes de responder.

—Debemos ser muy cuidadosos para no confundir lo físico y lo moral. Noto que usted se interesa, especialmente, por la condición moral del problema, así que lo mejor será que continuemos en esa dirección. Desde una perspectiva moral, existen ciertas razones para pensar en las manifestaciones de la religión revelada. Por ejemplo, "la ardiente oración de un hombre justo y de bien" suele ser poderosa. En el campo del mal no existe nada semejante. Pero si aceptamos esa sentencia, no podemos continuar temiendo a los "misterios", en adelante, estos se transformarán en meros obstáculos.

De repente, Adam expuso otro aspecto del asunto.

—Pero ahora, señor, ¿me dejará regresar a los detalles meramente prácticos, o más bien a los datos históricos?

Sir Nathaniel movió su cabeza en señal de aprobación.

—Ya hemos conversado acerca de la historia en la medida en que la conocemos y de ciertos lugares que son vecinos: "*Castra Regis*", "La arboleda de Diana" y "La madriguera del gusano blanco". Quisiera preguntarle si no hay en este territorio algún lugar que no se encuentre necesariamente emplazado en la dirección del mal.

—¿Cómo cuál? —preguntó *sir* Nathaniel con astucia.

—Como por ejemplo esta casa y *Mercy Farm*.

—En este punto —dijo *sir* Nathaniel— regresamos al aspecto luminoso del asunto. Veamos primero *Mercy*

Farm. Cuando san Agustín fue encargado por el papa Gregorio para evangelizar Inglaterra, en la época de los romanos, fue asilado y protegido por el rey de Kent, Ethelbert, cuya esposa, hija de Charibert el rey de París, era cristiana y le brindó mucha ayuda. Ella estableció un claustro de mujeres conocido por *Sedes Misericordiae*, o sea la Casa de la misericordia, en memoria de Columba y, como la región era Mercia, los dos nombres se enredaron. Columba es el término latino que nombra a la paloma, por lo que este animal se convirtió en uno de los símbolos del convento. La imagen fue asumida por la recién formada comunidad, que desde el primer instante se dedicó a criar palomas a partir de un ejemplar recién descubierto. Una especie de paloma mensajera, con la característica de que las plumas blancas de su cabeza y cuello formaban una especie de capuchón como el que llevaban las religiosas. El convento prosperó durante más de cien años. Luego, bajo el reinado de Penda, que personificó el regreso al paganismo, el convento declinó. Mientras tanto, resguardadas por el tacto religioso, las palomas se multiplicaron eficazmente y eran muy conocidas en todas las congregaciones católicas. Unos ciento cincuenta años después, cuando el rey Offa fue regente de Mercia, el cristianismo se restableció en la región y, bajo su tutela, se restauró el convento de Santa Columba y las palomas volvieron a reaparecer. Con el transcurrir del tiempo, el convento caería en desuso definitivamente, aunque, antes de desaparecer logró adquirir gran renombre por sus buenas acciones y en particular por la caridad de sus miembros. Si las buenas acciones, los rezos, las esperanzas y los deseos fervorosos han dejado en alguna parte su huella moral, *Mercy Farm* y las zonas circundantes tienen todo el derecho a ser imaginados como lugares santos.

—¡Gracias, señor! —dijo Adam de todo corazón y guardó silencio. *Sir* Nathaniel entendió.

Después del almuerzo, Adam le solicitó a *sir* Nathaniel que fuera a pasear con él. El agudo y viejo diplomático imaginó que tenía que haber alguna razón para la invitación y aceptó de inmediato.

Cuando estuvieron alejados de la casa y fuera de cualquier posibilidad de ser vistos, Adam empezó a hablar.

—Señor, pienso que en esta comunidad suceden más fenómenos inusuales de lo que la gente cree. Esta mañana salí a dar un paseo y en el bosquecillo vi el cuerpo de una niña junto a la orilla del camino. Al principio pensé que estaba muerta, y cuando la examinaba observé en su cuello unas marcas que lucían como las hechas por unos dientes.

—¿Sería algún perro salvaje? —dijo *sir* Nathaniel.

—Seguramente, señor, aunque no lo creo. Pero oiga el resto de mi relato. Observé alrededor y para mi sorpresa pude notar algo blanco que se movía entre los árboles. Cuidadosamente, puse a la niña en el suelo y traté de alcanzar aquella cosa, pero no pude hallar ningún rastro de ella. Entonces, regresé donde había dejado a la niña y retomé mi examen, verificando con verdadero placer que aún estaba viva. Froté sus manos y gradualmente despertó, pero para mi sorpresa, no recordaba nada salvo que algo se había acercado a ella silenciosamente por detrás y se había sujetado a su garganta. Entonces, en apariencia, la niña se desmayó.

—¡Algo que se sujetó a su garganta! Entonces no puede ser un perro.

—No, señor, esa es la duda, y también explica por qué lo he traído aquí, donde nadie pueda oírnos. Sin duda, usted se habrá dado cuenta de la forma peculiarmente sinuosa con que se desplaza lady Arabella. Pues bien, tengo la impresión de que esa forma blanca que observé en el bosque era la dueña de "La arboleda de Diana".

—¡Por Dios, joven, tenga mucho cuidado con lo que dice!

—Así es, señor, me doy total cuenta de lo grave de mi acusación. Pero estoy seguro de que las marcas que esa niña tenía en su garganta eran de origen humano y hechas por una mujer.

El compañero de Adam se quedó en silencio durante un rato, inmerso en sus reflexiones.

—Adam, muchacho —dijo, al fin—, todo este asunto creo que es mucho más serio de lo que usted piensa y me manda a romper el secreto que he guardado ante mi viejo amigo, su tío, para protegerlo como es mi obligación. Hace cierto tiempo en esta zona han venido sucediendo hechos que lo han preocupado terriblemente. Algunas personas han desaparecido sin dejar el menor rastro, se halló el cadáver de un niño en la orilla de un camino sin ninguna señal evidente —ni aparente— de la razón de su muerte, en los campos se han encontrado corderos y otros animales desangrándose por heridas abiertas. Y han ocurrido otros hechos, muchos de ellos aparentemente triviales en sí mismos, que parecen mostrar la presencia de alguna influencia funesta. Reconozco que también he sospechado de lady Arabella y por esa razón le hice tantas preguntas sobre la mangosta y su incomprensible ataque. Tal vez usted crea que es extraño que sospeche de la propietaria de "La arboleda de Diana", mujer hermosa de estirpe aristocrática. Pero le explicaré, la residencia de sus padres, *Doom Tower*, está vecina a la mía y en una época conocí de cerca a la familia. Cuando aún era una jovencita, lady Arabella penetró en un bosquecillo que hay muy cerca de su casa y no volvió. Cuando la encontraron estaba inconsciente y con una fiebre muy alta. El médico dijo que había recibido una mordedura venenosa y que como la joven tenía una edad crítica y delicada, las consecuencias eran tan severas que nadie confiaba en su recuperación. Luego vino a verla un prestigioso médico de Londres, pero tampoco pudo hacer nada. Incluso llegó a decir que la jovencita no sobreviviría a esa noche. Ya se habían abandonado todas las esperanzas cuando, para el asombro de todos, la recuperación de lady Arabella fue súbita y asombrosa. A los dos días, iba y venía como siempre. Pero, para horror de las personas, a partir de ese suceso comenzó a mostrar una espantosa crueldad hacia los animales, mutilando y lastimando pájaros y animales pequeños, e incluso, matándolos. Todo esto le fue imputado a un desorden nervioso a causa de su edad, y se esperaba que su boda con el capitán March lo arreglara todo. Pero, no fue un matrimonio feliz y un día hallaron a su marido con una bala en la cabeza. Siempre he creído que fue un suicidio, aunque no se encontró ninguna pistola cerca del cadáver. A lo mejor había descubierto algo y ¡Dios sabe qué!, así que es muy posible que lady Arabella lo haya matado. Reuniendo los infinitos detalles que son de mi conocimiento, he llegado a la conclusión de que el siniestro gusano blanco se adueñó del cuerpo de lady Arabella en el preciso instante en que su alma abandonaba su envoltura terrenal, lo cual explicaría su inesperado restablecimiento, su inusual e inexplicable necesidad de mutilar y matar, así como muchos otros pormenores que no necesito señalar ahora. Adam, como ya le he mencionado, solo Dios sabe qué puede haber descubierto el pobre capitán March. Seguramente, fue algo demasiado espantoso para los límites humanos si es verdadera mi teoría de que, desde hace algún tiempo, el bellísimo cuerpo humano de lady Arabella se encuentra bajo el control de este aterrador gusano blanco.

Adam movió la cabeza.

—Pero, entonces, señor ¿qué podemos hacer? Nos enfrentamos a un inconveniente inmensamente difícil.

—Muchacho, no se puede hacer nada. Al menos por ahora es imposible pasar a la acción. Lo único que sí podemos hacer es observar cuidadosamente, en particular a lady Arabella, y estar preparados para proceder de forma veloz y decidida, si se presenta la ocasión.

Adam estuvo de acuerdo y ambos hombres volvieron a *Lesser Hill*.

IX. El olor de la muerte

Adam Salton hablaba poco, pero tampoco perdía el tiempo que empleaba en cualquiera de los asuntos que tenía entre manos, o en el que estuviera interesado. Había acordado con sir Nathaniel que no harían nada con respecto al misterio de la furia que lady Arabella había estimulado en la mangosta, pero resueltamente continuó con su preparación para proceder en cuanto se diera la oportunidad. Constantemente, desarrollaba planes en su mente relacionados con la información o con las sospechas que podían dirigir hacia posibles planes de acción. Sorprendido por la muerte de la mangosta, buscaba otro rastro a seguir. Estaba sugestionado por la idea de que había una extraña relación entre la mujer y el animal, pero al mismo tiempo ya tenía listo un nuevo procedimiento. Su nuevo pensamiento era usar a favor de su investigación las facultades de Ulanga, en la medida que fuera posible. Su primer movimiento fue enviar a Davenport a Liverpool, para entrevistarse con el camarero del *West African* que le había narrado todo aquello que sabían de Ulanga, con el fin de recoger más información. Luego, trataría de convencer al negro, por medio de sobornos o de cualquier otro medio, para que viniera al Brow. Ya que si hablaba personalmente con aquel servidor del vudú, era seguro que podría aprender algo útil de él. Davenport tuvo éxito en todas sus gestiones: compró otra mangosta, le confirmó a Adam que se había entrevistado de nuevo con el camarero quien le contó mucho de lo que quería saber, y también, que había concertado que Ulanga viniera a *Lesser Hill* al día siguiente. Cuando llegó a ese punto, Adam se percató de que tendría que informar —hasta cierto punto— a Davenport de la confidencia. Concluyó que sería mejor, sobre todo en los inicios, que él no apareciera como parte activa de todo este tema aunque estaba perfectamente capacitado. Ya podrían hacerlo participar más activamente cuando todo se hallara en una fase más avanzada.

Si era cierto todo aquello que se decía con relación al negro, este hombre tendría un don particular que podía serles de utilidad en el transcurso de su investigación. Se decía que era capaz de "oler la muerte", por decirlo de algún modo. Si alguna persona había muerto o lo habían matado, o si algún lugar se hallaba relacionado con la muerte, aquel negro —por intuición— parecía saber el hecho. Adam decidió, como primer paso, poner a prueba sus dones en distintos sitios. Como es natural, se encontraba impaciente y le parecía que el tiempo pasaba lentamente. Su único alivio fue la llegada, a la mañana siguiente, de una caja celosamente embalada y cerrada, enviada por Ross, y cuya llave era guardada por Davenport. Dentro de la caja había otras dos más pequeñas y ambas estaban cerradas. Una de ellas trasladaba una mangosta, que relevaría a la que había matado lady Arabella y la otra era la mangosta especial que había matado a la cobra gigante en Nepal. Después de que ambos animales fueron resguardados, en un lugar seguro con llave y candado, sintió que podía respirar tranquilo. Nadie en la casa, salvo él y Davenport, sabían el secreto de la existencia de ambos animales. Decidió que Davenport diera un paseo por las áreas cercanas con Ulanga, deteniéndose en algunos lugares que él había indicado. Debían ir hasta el Brow y regresar por el mismo camino, y en el lugar más alejado de la casa, más allá de *Mercy Farm*, se toparían con Adam como por casualidad. Entonces, Davenport se las ingeniaría para hacer que el negro repitiera lo que le hubiera dicho durante el paseo.

Los episodios del día en gran medida confirmaron las conjeturas de Adam. En *Mercy Farm*, en "La arboleda de Diana", en *Castra Regis*, y en ciertos lugares, el negro se paró y abriendo los amplios orificios de su nariz para oler francamente, señaló que había olor a muerte, aunque el olor no fuera siempre el mismo. En *Mercy Farm*, dijo, había habido muchas muertes intrascendentes. Pero, en "La arboleda de Diana" su comportamiento fue otro. Daba la impresión de que percibía un placer distinto, en especial cuando habló de varios muertos importantes. También, de una manera poco habitual, resopló como hace un sabueso cuando se detiene repentinamente y se mostró confundido. No dijo ni una palabra, ni de alabanza ni de desdén, pero cuando se encontraron en el centro de la arboleda, donde, oculto entre los remanentes de viejos robles, había un bloque de granito levemente ahuecado en su parte de arriba, el negro se inclinó y con su frente tocó el suelo. Fue el único sitio donde Ulanga mostró un incuestionable respeto. En el castillo, aunque también mencionó muchos muertos, no hizo ninguna señal de reverencia.

En torno a "La arboleda de Diana" había algo que lo interesaba y lo perturbaba a la vez. Antes de dejar la arboleda, la recorrió en todas las direcciones contrariado, y en un lugar cercano al borde del acantilado, donde había una insondable cavidad, pareció asustado. Después de regresar varias veces al mismo lugar, repentinamente, dio media vuelta y comenzó a correr sobrecogido por el pánico hasta llegar a una posición más elevada, eludiendo las rocas que asomaban por todas partes. Solo entonces pareció respirar libremente y volvió a recuperar parte de su desvergonzado descaro.

Todo ello parecía llenar las expectativas de Adam, que volvió a *Lesser Hill* tranquilo e impasible. *Sir* Nathaniel lo acompañó a su estudio.

—A propósito, se me olvidó preguntarle ciertos detalles sobre un tema. Cuando ocurrió aquel sorprendente episodio de la mirada del señor Caswall, ¿cuál fue la respuesta de Lilla? ¿Cómo lo tomó?

—Parecía aterrorizada y temblaba igual que una paloma frente a un halcón, o como una pequeña ave frente a una serpiente.

—Gracias. Es exactamente lo que imaginaba. Ha habido situaciones en la familia Caswall que lo hacen creer a uno que desde tiempos inmemoriales han poseído unas facultades mesméricas o hipnóticas extraordinarias. A decir verdad, la habilidad de un experto podría notarlo en sus fisonomías. Esa imagen suya de la paloma y el halcón, sea por instinto o con intención, es particularmente adecuada. Creo que debemos enfocarnos en ella como un elemento fijo para usar a lo largo de nuestros estudios.

Cuando se hizo de noche, Adam tomó la nueva mangosta, la que no venía de Nepal, y montando la caja sobre su hombro se dirigió hacia "La arboleda de Diana". Cerca de la entrada se tropezó con lady Arabella, que como de costumbre, iba vestida con un ajustado traje blanco que hacía sobresalir su delgada figura.

Para sorpresa de Adam, la mangosta se dejó tocar por la mujer que la sujetó entre sus brazos y la mimó. Como ella se dirigía hacia la misma dirección, avanzaron juntos un rato.

A lo largo del sendero entre la entrada de "La arboleda de Diana" y la de *Lesser Hill*, casi todos los árboles poseían poco follaje salvo en la copa. Con el crepúsculo, al atardecer, el lugar era algo oscuro y los apiñados troncos impedían la visión. Se hacía difícil ver algo con claridad con aquella luz temblorosa e incierta que caía por entre las copas de los árboles. En algún momento, Adam perdió por completo de vista a lady Arabella y decidió volver sobre sus pasos para encontrarla. La halló muy poco después cerca de la puerta de entrada de su propia casa. Ella estaba inclinada sobre una empalizada de troncos de roble que rodeaban la avenida. Cuando no vio la mangosta, Adam le preguntó por ella.

—Se escapó de mis brazos mientras la acariciaba y desapareció debajo de unas tapias —contestó la mujer.

La descubrieron en un lugar donde el camino se ampliaba para que los coches pudieran dejarse paso. El pequeño animal parecía totalmente transformado. Había estado plenamente lleno de vida y movimiento, y ahora parecía torpe y sin fuerzas, como aturdida. Se dejó levantar en brazos de nuevo, pero cuando lady Arabella la llevaba, observaba a su alrededor de una forma extraña, como si quisiera escapar. Cuando llegaron al camino, Adam tomó la mangosta y la aseguró entre sus brazos y, después de saludar a lady Arabella, partió rápidamente hacia *Lesser Hill*. Muy pronto, perdió de vista a la dama entre la oscura noche.

Cuando llegó a la casa, Adam guardó la mangosta en su caja y cerró con llave la habitación. La otra mangosta, la nepalí, se encontraba en su propia caja, apropiadamente cerrada y estaba tranquila. Cuando se dirigió al estudio, *sir* Nathaniel entró detrás de él, cerrando la puerta.

—Estoy aquí —dijo— mientras tenemos la ocasión de estar solos, porque quiero contarle algo relacionado con la familia Caswall que creo le puede interesar. En este lado del mundo existe, o solía existir, la creencia de

que la familia Caswall tenía el extraño poder de some-
ter a sus deseos la voluntad de cualquier persona. Hay
muchas menciones al tema en historias y crónicas de
poca importancia. Pero conozco un trabajo que hace
una referencia directa. Se trata de *Mercia y sus hombres
ilustres,* escrito hace más de cien años por Ezra Toms. El
autor hace una mención a este tema al referirse a la cercana relación entre el Edgar Caswall de aquel momento
y Mesmer, en París. Menciona a Caswall como alumno y
colega de Mesmer, y dice que cuando el primero dejó
Francia se llevó con él una gran cantidad de saberes eléc-
tricos y filosóficos de los que nunca se le vio hacer uso.
En una oportunidad le narró a un amigo que se los había
entregado a su viejo pupilo. La palabra que usó fue "legado", lo cual es bien insólito ya que nunca se ha sabido
que hubiera un tal legado de Mesmer. Sea como sea, los
instrumentos desaparecieron y no se encontraron jamás.

En ese momento, un criado entró en el estudio para
decirle a Adam que en la habitación cerrada con llave se
escuchaba un sonido muy extraño. Adam fue inmediatamente al lugar, acompañado por *sir* Nathaniel. Después
de cerrar la puerta detrás de él, Adam abrió la caja grande
donde guardaba las cajas de las dos mangostas. En una
de ellas no se escuchaba ningún ruido, mientras que en
la otra se oía un extraño e intranquilo forcejeo. Al abrir
las dos cajas, descubrió que el ruido lo causaba el animal
nepalí quien, no obstante, se calmó de inmediato. En
la otra caja, la nueva mangosta estaba muerta, con toda la
apariencia de haber sido ¡estrangulada!

X. LA COMETA

Al día siguiente, algo después de las cuatro de la tarde, Adam se dirigió hacia *Mercy Farm*. Y estuvo de regreso en casa justo en el instante en que el reloj sonaba las campanadas de las seis. Parecía pálido y alterado, aunque al mismo tiempo parecía que no había perdido ni un poco de su energía y fortaleza. El anciano resumió su semblante y conducta con la frase: "fortalecido para la batalla".

—¡Ahora! —dijo *sir* Nathaniel mientras, mirando a Adam, se sentaba para prestarle atención decidido a no perderse nada de lo que este pudiera narrarle, ni siquiera el tono de sus palabras.

—Encontré a Lilla y a Mimi en su casa. El señor Watford estaba ausente trabajando en sus labores de la granja. La señorita Watford me recibió con la misma gentileza que la vez anterior y Mimi también pareció alegre de verme. El señor Caswall hizo acto de presencia justo cuando yo llegué, como si él o alguna persona me hubiera estado espiando en su nombre. El negro lo seguía de cerca, quien respiraba agitadamente como si hubiera dado una carrera, por lo tanto, es muy posible que fuera él quien me espiaba. El señor Caswall se encontraba muy tranquilo y muy sereno, pero su rostro, más que nunca, mostraba una expresión férrea que no me agradaba en lo más mínimo. Sin embargo, todo transcurrió con normalidad. Agradablemente, conversamos sobre los más diversos temas. El negro permaneció un momento y luego se esfumó como la vez anterior. Como de costumbre, los ojos del señor Caswall se clavaron en los de Lilla. A decir verdad, parecían muy profundos y diligentes, pero tampoco había nada ofensivo en ellos. Si no hubiera sido por la forma de sus cejas y la rigidez de sus mandíbulas yo no lo habría notado al principio. Luego, poco a poco, la mirada fue haciéndose más intensa. Pude observar cómo Lilla comenzaba a ponerse nerviosa igual que la primera vez, pero luego se recuperaba valientemente. No obstante, cuanto más nerviosa se ponía ella, más fuerte era la mirada de Caswall. Se me hizo evidente que había venido listo para algún tipo de batalla mesmérica o hipnótica. Al cabo de un momento, Caswall empezó a buscar disimuladamente a su alrededor y luego subió su mano sin que Lilla ni Mimi se dieran cuenta de ello. Evidentemente, trataba de hacerle una señal al negro, pues, al instante, este llegó sin hacer ruido como era su costumbre, y entró tranquilamente por la puerta del salón que se encontraba abierta. Los esfuerzos hipnóticos del señor Caswall entonces se hicieron más intensos, y el nerviosismo de la pobre Lilla fue cada vez mayor. Mimi, viendo a su prima en tal apuro, se acercó a ella para darle fuerza y apoyo por medio de su presencia. Lo cual fue un obstáculo para Caswall, pues todo su esfuerzo, sin reducir su intensidad, se hizo menos eficaz. La situación se extendió durante un rato a favor de Lilla y Mimi, hasta que hubo una súbita interrupción. Sin ningún protocolo se abrió la puerta y entró lady Arabella March. Yo —a través de la gran ventana del salón— ya la había visto llegar. Sin decir ni una palabra, cruzó la estancia y se paró al lado del señor Caswall. Fue ciertamente un combate de un carácter muy especial, y mientras más duraba, más arduo y cruel se fue haciendo. Esa mezcla de fuerzas —el amo, la mujer blanca y el negro— les habría costado muchas vidas, probablemente todas, en el sur de los Estados Unidos. Pero para nosotros, era simplemente, espantoso. Esta vez se trataba, y voy a pedir prestado un término deportivo, de un "combate hasta el final", y el grupo ni un solo momento disminuyó sus esfuerzos. Comenzó a notarse que la tensión paralizaba a Lilla fatídicamente. Se puso aún más pálida, con una palidez poco uniforme, lo cual nos hacía creer que tenía los nervios trastornados. Temblaba como un álamo temblón, y aunque combatía con mucho valor, pude darme cuenta de que sus piernas apenas si la sostenían. Una docena de oportunidades pareció estar a punto de desmayarse, pero cada vez, socorrida por la mirada de Mimi, restablecía el combate y lograba salir a flote.

»Cuando llegó a este punto —continuó Adam— la expresión del señor Caswall ya no tenía un aspecto pasivo. Sus ojos brillaban con una luz violenta y seguía manteniendo la rigurosa determinación de un antiguo romano, pero Lilla, también poseía la furia de un *berserker*. Los cómplices de la funesta labor de Caswall parecían participar, más o menos, de la misma emoción. Lady Arabella parecía inhumana, sin alma ni clemencia, como si diera vida a una de aquellas antiguas leyendas sobre seres humanos transfigurados que perdieron su humanidad en alguna metamorfosis o por regresión a su ferocidad natural. En cuanto al negro, solo puedo decirle que únicamente esa sangre fría que usted reconoce en mí pudo impedir que lo eliminara como se merecía, sin aviso ni nobleza. Lilla se mantenía silenciosa y desamparada, presa de un miedo terrible. Resuelta, y sin pensar en su propia suerte, Mimi trataba que no hubiera lugar para ningún otro pensamiento dentro de aquella particular lucha en la que estaba atrapada. En lo que a mí se refiere, mi voluntad había sido tan anulada que todas mis facultades, salvo la vista y el oído, se hallaban dormidas. Parecíamos atrapados en un *impasse*. Tenía que ocurrir algo, aunque las posibilidades de saberlo eran nulas. Igual que en un sueño, noté que la mano de Mimi se movía sin parar como si estuviera buscando algo a tientas. De forma mecánica tocó la mano de Lilla quien en ese segundo se transformó. Fue como si una nueva fuerza y energía penetraran en un ser aletargado y aniquilado. Como movida por una inspiración, Mimi tomó también la otra mano de su prima con una fuerza que hizo palidecer sus nudillos. Repentinamente, su rostro se iluminó como si una luz divina lo bañara. Su apariencia mejoró de tal manera que alcanzó una majestuosidad que nunca había visto en ella con anterioridad. Levantó su mano derecha, caminó hacia Caswall, y con una decidida extensión de su brazo pareció arrojarle alguna fuerza desconocida. Una y otra vez repetía el gesto y el hombre se veía obligado a retroceder a cada movimiento de ella. Él se retiró hacia la puerta y ella lo siguió. Escuchamos un sonido parecido al gorjeo de las palomas, que parecía crecer e intensificarse por momentos. Este sonido, cuyo origen era desconocido para nosotros, aumentaba sin parar mientras Caswall se batía en retirada. Finalmente, explotó en un triunfal estruendo, mientras Mimi, con un rápido movimiento de su brazo, pareció lanzar algo sobre su enemigo quien, protegiendo su rostro con sus manos, se lanzó hacia el exterior buscando la luz del sol.

»En ese preciso momento —continuó Adam— recuperé mis facultades. Pude ver y escuchar claramente todo aquello que me rodeaba y era absolutamente consciente de todo lo que había sucedido. Vi que Lilla se desmayaba, mientras Mimi subía sus brazos en señal de triunfo. Cuando me asomé por el ventanal, el sol bañaba el paisaje con su luminosidad después de haber sido eclipsado, momentáneamente, por una oleada de millares de pájaros.

A la mañana siguiente, la luz del día mostró el verdadero peligro que amenazaba a todos. De todos los rincones de las zonas orientales llegaron informes relacionados con una excepcional inmigración de aves. Infinidad de expertos fueron enviados por cuenta propia y en nombre de sociedades científicas, o como representantes gubernamentales de varias organizaciones locales e imperiales, para estudiar aquel inusual fenómeno y proponer soluciones.

Los informes locales eran aún más sorprendentes. Al parecer, habían estado llegando pájaros desde los cuatro puntos cardinales durante todo el día. Muchos volvían a irse del mismo modo que habían llegado, pero el número de los que se quedaban era cada vez más grande. Los pájaros parecían emitir cantos de temor, enfado o confusión. El ruido de los aleteos ni paraba ni disminuía. El aire se encontraba lleno de una sorda pulsación. Ninguna ventana o barrera de ningún tipo podía ahogar aquel sonido, hasta que los oídos de cualquier persona, agobiados por el incesante murmullo, ensordecían. Era tan molesto y sombrío, tan decadente y nostálgico, que se deseaba —aunque vanamente— que ocurriera algún cambio, por terrible que este pudiera ser.

La segunda mañana, los informes de los distritos vecinos fueron incluso más alarmantes aún. Los granjeros empezaron a temer la llegada del invierno cuando vieron sus cosechas completamente arruinadas. Y esto era solo el anuncio del mal que estaba por venir, no su término. La tierra empezó a parecer desierta, aunque eventualmente algunos vagabundos ocasionales espantaban a los pájaros.

Edgar Caswall, durante cierto tiempo, atormentó su cerebro en vano con la intención de librarse, él y sus vecinos, de lo que ya se suponía era una plaga de pájaros. Finalmente, se acordó de un hecho que podía ser la solución a sus problemas. Hace muchos años que sucedió en China en el interior del país, cerca de las fuentes del Yangtsé, donde sus pequeños riachuelos en una especie de riego natural, brindaban las aguas necesarias para alimentar la aridez de los campos arroceros. En la época de maduración del arroz, llegaron miles de pájaros con la intención de devorar la nueva cosecha, lo que constituyó una seria amenaza, no solo para el distrito, sino para el país en general. Los granjeros, que durante años habían enfrentado el mismo problema, sabían cómo tratarlo. Fabricaban una inmensa cometa, que hacían volar en el mismo lugar donde se producía la incursión de las aves. La cometa tenía la figura de un gran halcón y en el mismo instante en que esta se remontaba en el aire, los pájaros se asustaban y buscaban protección. Mientras la cometa se elevara en el aire, los pájaros serían espantados y la cosecha se salvaría. En consecuencia, Caswall ordenó a sus hombres la fabricación de una inmensa cometa con la forma más parecida posible a un halcón. Después, él y sus hombres la pusieron a volar con suficiente tiro de cuerda para mantenerla a gran altura. La experiencia de China se repitió. En cuanto la cometa subió, los pájaros buscaron escondite o refugio. Al día siguiente, la cometa aún seguía volando a gran altura y no lograba verse ningún pájaro en todo el sector que rodeaba *Castra Regis*. Pero lo que ocurrió después fue peor incluso. Los pájaros estaban amedrentados y habían dejado de piar.

No se escuchaba ni un solo trino ni un gorjeo. El silencio parecía haber sustituido el sonido normal de los pájaros. Y lo que fue peor. Ese silencio se extendió a los otros animales.

Así que el miedo y la represión sembrados en los habitantes del aire empezaron a afectar a las otras formas de vida. No solo dejaron de gorjear y de graznar, sino que tampoco volvió a escucharse el mugido de las vacas en el pasto y los demás sonidos de la vida cotidiana desaparecieron. En su lugar surgió un silencio nostálgico, mucho más espantoso, deprimente e insoportable que cualquier aglomeración de ruidos, por pavorosos y terribles que sonaran. Los más piadosos comenzaron a rezar con fervor para aligerar su intolerable soledad. Y muy poco tiempo después, un sentimiento general de depresión los atrapó a todos. Hombres y mujeres, por igual, mostraban rostros carentes de vida, de deseos, de pensamientos y, peor aún, carentes de esperanza. Los seres humanos parecían haber perdido su capacidad de expresar alguna idea. La atmósfera, privada de ruidos, provocaba el mismo resultado que las sombras universales que, de puro pánico, hacen castañetear los dientes de los hombres.

Nadie estuvo libre de aquel castigo de silencio. La melancolía era la nota imperiosa de todo. La alegría dejó de existir como un factor fundamental de la vida y no surgía ningún otro impulso creativo que la sustituyera.

Aquella mancha inmensa planeando en los aires era una plaga de perversa influencia. Era como si una nueva ola de amargura hubiera poseído a los seres humanos, portando con ella la negación de cualquier esperanza.

Después de varios días, la desesperanza fue cada vez más grande. Hombres y mujeres parecían tener paralizados los sentidos y hasta la capacidad de hablar. Edgar Caswall volvió a atormentar su cerebro para hallar un antídoto o cura para este mal que era aún peor que el anterior. Hubiera derribado con placer aquella cometa o impedido su vuelo, pero en cuanto fuera bajada a tierra, los pájaros regresarían en mayor cantidad, inclusive. Todos aquellos que, de una forma u otra, vivían de la agricultura levantaron sus acongojadas protestas a *Castra Regis*.

Era realmente extraña la influencia que parecía desplegar la misteriosa cometa. Hasta los seres humanos se vieron perturbados por su presencia, como si hubiera cierto tipo de relación entre ellos y ella y para los moradores de *Mercy Farm* era como apreciar la muerte misma.

Lilla era la más afectada. No se habría angustiado más en el caso de haber sido una auténtica paloma y haberse encontrado en el aire con aquella cometa.

Claro está, muchos de los se encontraban inmersos en aquel remolino habían notado los efectos en cada persona y algunos interesados comparaban sus datos. Muy raramente, por lo menos para los otros, la persona menos afectada por aquel sombrío silencio fue el negro. Por naturaleza era poco sensible y no era nervioso. No obstante, estas particularidades no eran suficientes para causar su manifiesta indiferencia, por lo que las personas resolvieron descubrir la verdadera razón. Adam rápidamente llegó a la conclusión de que el negro hallaba en ese silencio una recompensa de la que los demás no participaban y que tal recompensa consistía, de una manera u otra, en disfrutar del sufrimiento ajeno. De esta forma, el negro poseía una fuente infinita de regocijo.

El carácter frío de lady Arabella la hacía inmune contra cualquier tristeza o preocupación con relación a los demás. Edgar Caswall era demasiado arrogante y exageradamente insensible como para interesarse por los pobres o los desamparados, y menos aún por la categoría más baja de los sencillos animales. En cambio, el señor Watford, el señor Salton y *sir* Nathaniel se encontraban muy preocupados por aquellos sucesos, en parte por su buen corazón —ninguno de ellos podía ver sufrir a otros sin inquietarse, aunque fuera un ave insignificante— y por el otro, por su propio interés ya que tenían que cuidar sus propiedades si no querían que la apetencia de los pájaros las arrasara en poco tiempo.

Lilla sufría muy fuertemente. A medida que pasaba el tiempo, su expresión se contraía y sus ojos se inflamaban por el llanto y la falta de sueño. Mimi sufría también al ver el dolor de su prima. Pero como no había nada que pudiera hacer, resueltamente, decidió controlar sus sentimientos y tener paciencia. Las acostumbradas visitas de Adam la consolaban.

XI. EL COFRE DE MESMER

Después de dos semanas, la cometa parecía haberle proporcionado nuevas ganas de vivir a Edgar Caswall. No se cansaba de observar sus maniobras en el cielo. En la torre de *Castra Regis* había instalado un cómodo sillón, donde se quedaba sentado todo el día observando la cometa igual que un niño con un juguete nuevo. Y tampoco parecía haber disminuido su interés por Lilla, ya que hizo otra visita a *Mercy Farm*.

La verdad es que sus sentimientos hacia ella, sean cuales fuesen en un principio, se habían transformado al punto de convertirse en una tendencia completamente animal. Era como si la naturaleza de este hombre se hubiera descompuesto y sus más bajos instintos, egoístas y despreciables se hubieran hecho evidentes. No había tanta inclemencia en su carácter, porque ya no lograba controlar sus impulsos como antes y su determinación se había transformado en indiferencia.

La evidente metamorfosis de Edgar hizo más acentuada su morbidez, su desolación y su soledad. Sus vecinos comenzaron a advertir si no se estaría volviendo loco. Constantemente, absorto en la cometa, la observaba no solo durante el día, sino que a veces también lo hacía toda la noche. Para él se había convertido en una fijación.

Caswall, personalmente, estaba interesado en la observación de aquella gran cometa voladora. Para ello, había hecho colocar en el parapeto de la torre un gigantesco carrete con un cordel bastante largo. Un torno manejado por una manivela, permitía enrollar y desenrollar la cuerda y, permanentemente, había al menos un hombre encargado de esta labor día y noche. A la altura en que se elevaba la cometa, el viento era tan intenso que, en ocasiones, subía mucho más llevándola a considerable distancia lateral. De hecho, en poco tiempo, la cometa se transformó en una de las curiosidades de *Castra Regis* y sus entornos. Edgar comenzó a otorgarle mentalmente casi todas las características humanas. Para él se transformó en un ente aparte, provisto de alma e inteligencia propias. Ocioso todo el día, empezó a emplear parte de su tiempo sobrante a lo que él determinaba como el servicio de la cometa, y así halló un nuevo goce y un nuevo objetivo de vida en aquel viejo juego escolar que radicaba en darle "mensajes" a la cometa. El juego consistía en cortar papeles con agujeros en el centro y hacerlos pasar por la cuerda de la cometa. La fuerza natural del viento empujaba el papel y hacía que este se remontara, sin importar la altura o la distancia a la que haya logrado elevarse la cometa.

Los primeros días, Caswall pasó horas y horas ocupado en esta actividad y, cuando ya volaban cientos de estos "mensajes" en toda la extensión de la cuerda, se le ocurrió escribir notas en los papeles para transmitirle sus ideas a la cometa. Esto no hizo más que fortalecer en su mente angustiada la evidencia de que el juguete tenía una identidad y una inteligencia propias. Luego comenzó a hablar directamente con la cometa, sin dejar por ello de seguir enviándole "mensajes" escritos. No hay dudas de que la altura de la torre, que se encontraba en la parte más alta de la colina, el rugido perenne del viento, el efecto letárgico de fijar la vista todo el tiempo en un punto elevado en el cielo y la elevación de aquellos mensajes escritos a lo largo de la cuerda hasta perderse en la distancia, ayudaron a perturbar su cerebro aún más, haciéndole ceder a la violencia de aquellas creencias y fenómenos que eran al mismo tiempo provocadores, posesivos y absorbentes para la imaginación.

El siguiente paso en su deterioro intelectual fue aplicar la teoría de la identidad consciente de la cometa a otros objetos próximos. En *Castra Regis*, Caswall tenía una gran colección de objetos raros y curiosidades adquiridos en tiempos antiguos por sus antepasados que tenían gustos similares al suyo. Había toda clase de muestras antropológicas extrañas, antiguas y recientes, coleccionadas azarosamente en los incontables viajes realizados por los Caswall: viejas reliquias egipcias originarias de tumbas y momias; singularidades traídas desde Nueva Zelanda, Australia y los mares del Sur; ídolos e imágenes; desde iconos tártaros hasta objetos de culto de los antiguos egipcios, persas e indios; objetos de muerte y de tortura de los indios americanos y, particularmente, una inmensa colección de armas mortíferas de todo tipo, originarias de cualquier lugar: grandes mazas chinas, puñales dobles, cimitarras de doble filo fabricadas en Afganistán para cortar un cuerpo en dos de un solo tajo, cargados puñales de todos los países del Oriente, aterradoras dagas del Tíbet, espantosos *kukri* de los gurkas y otras tribus montañesas de la India, navajas de Italia y España, e incluso el famoso cuchillo que solían usar los negreros de la región de Mississippi. En esta lúgubre colección estaban representados, en sus infinitas formas, el sufrimiento y la muerte.

No hay que mencionar que aquella colección hechizaba a Ulanga. No se cansaba nunca de visitar el museo de la torre y de pasar horas y horas inspeccionando los objetos que allí se encontraban, hasta conocerlos totalmente todos y cada uno de sus detalles. Solicitó permiso para limpiarlos, pulirlos y afilarlos, autorización que le fue otorgada sin problemas. Aparte de las armas y los restos humanos ya mencionados, también había otro tipo de cosas que daban miedo. Serpientes disecadas de las más espantosas y horrendas especies; insectos gigantescos de los trópicos, temibles como quiera que fueran vistos; peces y crustáceos recubiertos de funestas púas y pulpos de gran tamaño. Había, además, otros objetos no menos mortales a pesar a su apariencia inofensiva: hongos secos; trampas para atrapar aves, bestias, peces, reptiles e insectos; utensilios de tortura capaces de provocar dolor en todas sus formas y grados, y cuya única bondad residía en su capacidad de causar la muerte con rapidez.

Caswall, que nunca había observado aquella colección y, por tanto, no sabía cuál era su contenido salvo aquellas cosas aportadas por él mismo, encontró en todo aquello un permanente esparcimiento e interés. La estudió con detenimiento —sus usos, su funcionamiento y sus lugares de origen— hasta terminar adquiriendo un grande y detallado conocimiento de todo aquello relacionado a los objetos mostrados. Algunos tenían mecanismos ocultos y complicados, pero él nunca los dejaba hasta descubrir sus secretos. Su interés por esos raros objetos y por la manera de utilizarlos, lo llevó a investigar en otros espacios que prometían hallazgos similares. Empezó por preguntarles a los sirvientes cuál era el lugar donde se almacenaban los trastos viejos. Varios sirvientes le mencionaron a Simón Chester que, según ellos, sabía todos los secretos de la casa. Por lo tanto, lo hizo llamar y se presentó al instante. Era un viejo achacoso de casi noventa años. Nacido en aquel castillo, desde siempre había servido a varios de sus señores, presentes o ausentes. Cuando Edgar comenzó a preguntarle sobre el tema que había originado que lo llamara, el viejo Simón se mostró muy incómodo. De hecho, estaba tan aterrado que su señor, al darse cuenta de que le estaba escondiendo algo, le dio la orden de contarle de inmediato todo lo que supiera sobre el resto de los objetos ocultos y del lugar en donde estaban guardados. Notando que su secreto había sido descubierto, el anciano, en un deplorable estado de inquietud, habló mucho más de lo que su amo estaba esperando.

—En verdad, señor, en verdad, todo lo que se guardó en mi época aún está en la torre, salvo... —y entonces comenzó a agitarse y a temblar— salvo el cofre que el señor Edgar, el perteneciente al momento en que empecé a servir a la familia, trajo de Francia, donde pasó una temporada con el doctor Mesmer. Por motivos de seguridad, el baúl se mantuvo en mi habitación, pero lo traeré de inmediato.

—¿Qué hay adentro? —preguntó Edgar con vehemencia.

—No lo sé. Además, es un baúl muy particular, no posee ningún mecanismo de apertura que pueda verse.

—¿No posee cerradura?

—Eso creo, señor, aunque, la verdad, no lo sé. No he visto el ojo de la cerradura.

—Haz que lo traigan a este lugar, y tú regresa con él.

El pesado cofre, rodeado de varillas de acero pero sin cerraduras, fue cargado por dos hombres. Segundos después, el viejo Simón atendió a su amo. Cuando llegó a la habitación, el mismo señor Caswall se encargó de cerrar la puerta. Después le preguntó:

—¿Cómo se abre esto?

—No lo sé, señor.

—¿Quieres decir que nunca lo has abierto?

—Puedo jurarlo, señor. ¿Cómo iba a hacerlo? Me fue confiado con las otras cosas. Abrirlo habría sido un abuso de confianza.

Entonces, Caswall habló con un tono de burla e insulto:

—¡Es realmente admirable! Pero vamos a olvidarlo. Cierra la puerta y permanece aquí. Dime: ¿alguien te ha mencionado o te ha hecho alguna observación sobre este baúl?

El viejo Simón se puso muy pálido y unió sus temblorosas manos en un gesto de súplica.

—Oh, señor, le ruego que no lo toque. Seguramente, este baúl posee los secretos que el doctor Mesmer le entregó a mi amo ¡para su ruina!

—¿Qué quieres decir? ¿De qué ruina me estás hablando?

—Señor, hay quienes dicen que él fue quien le vendió su alma al Diablo. Yo creía que aquella época y las desgracias que trajo sobre nosotros habían culminado...

—¡Ya basta! Lárgate, pero permanece en tu habitación o donde puedas escuchar mis llamadas. Puedo necesitarte.

El anciano se agachó respetuosamente y temblando salió sin decir ni una sola palabra.

XII. EL COFRE ABIERTO

Edgar Caswall, una vez solo en la habitación de la torre, cerró la puerta con cuidado y puso un pañuelo para cubrir el ojo de la cerradura. Luego examinó cada una de las ventanas, asegurándose de que nadie podía observarlo desde ningún lugar del edificio principal. Entonces, comenzó a examinar el cofre con extremo cuidado, revisando toda su superficie con una lupa. Lo encontró ileso. Las barras de acero estaban perfectas y formaban una unidad compacta con el cofre. Durante largo rato se sentó frente al baúl y cuando las sombras del ocaso comenzaron a convertirse en tinieblas dio por concluida su labor. Después de cerrar la puerta de la habitación de la torre, se retiró a su dormitorio y guardó la llave consigo.

Al día siguiente fue despertado por la luz del sol y regresó a su paciente y fallido análisis del baúl metálico. Persistió durante todo el día con iguales resultados: una frustración vergonzosa, que alteraba sus nervios y le causaba dolores de cabeza. El resultado de esta extrema tensión se pudo verificar luego, por la tarde, cuando distraído, apático y aún intranquilo, se encerró en la habitación de la torre —sumergido en una extrema melancolía— con el cofre intacto frente a él. Cuando volvió a ocultarse el sol le ordenó a su mayordomo que trajera a dos hombres fuertes, y a estos les ordenó cargar el baúl hasta su dormitorio. Una vez allí se quedó sentado toda la noche, sin hacer pausas ni siquiera para comer. Su razón enloquecía, presa de un torbellino de ideas y alterada por la excitación.

Pero algo era evidente. Aquella noche, cuando se encerró en su habitación, su mente estaba llena de extraños pensamientos, hasta el punto que parecía estar al borde de sumergirse en la locura. Acostado sobre su cama, seguía meditando sobre el misterio del cofre cerrado en total oscuridad.

Poco a poco cedió a los dominios del silencio y de la oscuridad, y después de reposar serenamente durante algunas horas, su mente volvió a activarse. Esta vez nada logró distraerlo. Nuevamente, su cerebro se encontraba despierto y dispuesto a usar su espontánea creatividad y su memoria como nunca antes. Infinidad de detalles olvidados o conocidos solo a medias, fracciones de conversaciones o viejas teorías arrinconadas hacía mucho tiempo regresaron a su mente. Le pareció escuchar a su alrededor los enjambres de alas vibrantes a las que se había habituado tan recientemente. Él mismo era consciente de que ese trabajo de su imaginación estaba basado en una memoria imperfecta. Lo animaba hacer trabajar su imaginación con la expectativa de hallar una solución al misterio que lo inquietaba. Y en ese estado de ánimo, el sueño se apoderaba de él cada vez con más facilidad. En esta ocasión gozó de un sueño placentero, reposando su cansado cuerpo y su extenuado cerebro al unísono.

Aún dormido se levantó de la cama, y como siguiendo una llamada exterior y mayor a él mismo, levantó el enorme cofre y lo colocó sobre una gran mesa que se encontraba en una esquina de la habitación y de la que había quitado cierta cantidad de libros con anterioridad. Esta acción había requerido un despliegue de fuerza física de su parte que él sabía, perfectamente, que no poseía ni por casualidad en condiciones normales. No obstante, había ocurrido con cierta facilidad. Las cosas parecían someterse a su voluntad antes de que él las tocara. Entonces, pudo darse cuenta de que de alguna forma, que no le era posible recordar, había abierto el baúl. De inmediato, abrió la puerta de su dormitorio y montando el baúl sobre su hombro lo llevó a la habitación de la torre, cuya puerta también abrió. Continuaba sorprendido con su propia fuerza y se cuestionaba de dónde vendría. Su cerebro se encontraba demasiado extraviado y perdido en suposiciones para reconocer las cosas más inmediatas. Reconocía que el cofre era pesado en exceso. Y en una especie de visión que surgió en la total oscuridad que lo envolvía, le pareció observar a dos robustos sirvientes dar tumbos bajo un gran peso. Volvió a encerrarse en el cuarto de la torre, de frente al baúl abierto sobre la mesa. Comenzó a vaciarlo en total oscuridad, poniendo encima de otra mesa su contenido, compuesto esencialmente de inmensas piezas de metal o vidrio, de formas inusuales. Era consciente de que aún estaba dormido y de que procedía acatando una orden invisible y desconocida, en vez de seguir un plan establecido cuyos resultados pudiera anticipar. Finalizada esta fase, comenzó a montar los diferentes módulos de ciertos grandes instrumentos formados en su mayor parte por vidrio. Sus dedos parecían como si hubieran logrado una nueva y delicada destreza e inclusive un carácter propio. Luego, un profundo agotamiento se apoderó de su mente, inclinó su cabeza sobre su pecho y, lentamente, todo a su alrededor comenzó a oscurecer.

Se despertó temprano en su dormitorio y, sorprendido y totalmente lúcido, observó a su alrededor. En el lugar habitual, sobre la fuerte mesa, se encontraba el gran cofre reforzado de acero sin cerradura. Pero se hallaba cerrado. Se levantó tranquilamente y dirigió sus pasos hacia la habitación de la torre. Allí no había cambiado nada desde la noche anterior. Observó a través de la ventana y, como ya era habitual, vio sobrevolar la colosal cometa. De inmediato, abrió la contrapuerta en la que finalizaba la escalera del torreón y salió hacia el tejado. Allí muy cerca estaba el montón de cuerda, que la brisa de la mañana hacía susurrar, enrollada en un carrete. Cuando la tocó, experimentó una profunda turbación que le avanzó por todo el brazo desde la mano. Por ninguna parte había muestras de que hubiera ocurrido algún cambio o desplazamiento durante la noche.

Totalmente sorprendido, regresó a su habitación y se sentó a reflexionar. En ese instante sintió por primera vez que había estado dormido y soñando. Luego, volvió a quedarse dormido y continuó así durante un largo tiempo. Se despertó con apetito y comió copiosamente. Luego, al atardecer, se encerró nuevamente bajo llave y se volvió a dormir. Cuando despertó estaba rodeado por la más profunda niebla y se hallaba muy confuso sobre su paradero. Comenzó tanteando en la habitación oscura y muy pronto fue advertido de las consecuencias de su posición cuando rompió un objeto de vidrio. Encontró una luz y notó que había sido una rueda de cristal, parte de un complejo mecanismo que él mismo debió extraer del baúl, ahora abierto, durante su sueño. Nuevamente, había abierto el cofre mientras dormía, pero no lograba recordar las circunstancias.

Caswall concluyó que su cerebro estaba afectado por una duplicidad de acciones, que podía llevarlo hacia la desgracia o a que fueran descubiertos sus planes secretos. Así que por un tiempo decidió suspender el placer de realizar nuevos descubrimientos con respecto al cofre. Para ello, se centró en un asunto diferente: el estudio de los tesoros y objetos extraños de su colección personal. Circulaba entre ellos por pura y natural curiosidad, y su objetivo era descubrir algún detalle que le fuera de utilidad en sus ensayos con la cometa. Ya había resuelto experimentar con el envío de "mensajes" que no fueran escritos en papel. Su planteamiento era que la fuerza del viento sobre la enorme cometa atada con la cuerda, bastaba para hacer subir por esta última, objetos con mayor peso que el papel. Sus primeras pruebas con objetos cada vez más pesados fueron incuestionables. Poco a poco, fue incrementando el peso hasta revelar que la fuerza de elevación de la cometa era de consideración. Por lo que decidió dar un paso más adelante y lanzar hacia la cometa ciertos artículos hallados en el baúl. En sus sueños, la última vez que lo abrió no volvió a cerrarlo, además, le colocó una cuña para poder abrirlo cada vez que quisiera. Estudió el contenido, pero alcanzó la conclusión de que los objetos de vidrio no eran adecuados. Estos eran muy ligeros para las pruebas de peso y muy frágiles, por lo que era muy peligroso lanzarlos a semejante altura.

Por lo que buscó alrededor suyo algo más sólido con lo que hacer otras pruebas. Al cabo de un rato, sus ojos observaron un objeto que lo atrajo de inmediato. Era una pequeña copia de uno de los antiguos dioses egipcios que representaba la fuerza salvaje de la naturaleza: Bes. Parecía tan extraño y misterioso que se adecuaba a su desequilibrado humor. Cuando lo sacó de la caja, le extrañó lo pesado que era en relación a su tamaño. Lo examinó estrictamente apoyándose con algunos instrumentos científicos y llegó a la conclusión de que había sido tallado en un segmento de piedra imán. Entonces, vino a su memoria haber leído algo relacionado con un antiguo dios egipcio que había sido tallado en un material similar y, pensando con más detenimiento, concluyó que debió haberlo leído en un libro del siglo XVII de *sir* Thomas Browne, *Errores populares*. Buscó el libro en la biblioteca y volvió a leer el pasaje:

"Aquí hay un buen ejemplo, que debemos a las investigaciones de nuestro sabio amigo el señor Graves, acerca de un ídolo egipcio tallado en piedra imán que fue hallado entre las momias; aún mantiene su poder de atracción a pesar de que, seguramente, hace más de dos mil años que fue extraído de la mina".

Se sentía atraído por lo inusual de la figura y por su naturaleza tan similar a la suya. Fabricó un "mensajero" con un pedazo de madera circular y sobre él fijó la pesada estatuilla, lanzándola a lo largo de la vibrante cuerda hacia la cometa voladora.

XIII. LAS ALUCINACIONES DE ULANGA

En el transcurso de los últimos días, lady Arabella se había vuelto considerablemente impaciente. Sus deudas, siempre forzosas, se habían elevado alarmantemente. Su única expectativa de lograr una existencia cómoda consistía en lograr una buena boda. Pero el hombre en quien había puesto los ojos no parecía tomar una decisión lo bastante rápido y, de hecho, no daba ninguna señal de interés por ella. Edgar Caswall no era un pretendiente fogoso. Desde un comienzo le había parecido *difficile* y después de su batalla con Mimi Watford apenas si había salido de sus habitaciones. En aquella oportunidad, lady Arabella le había manifestado, de manera irrefutable, cuáles eran sus sentimientos. Le había confesado, con una franqueza mayor de lo que su orgullo le permitía, sus intenciones de ayudarlo y darle apoyo. El instante en que cruzó aquella habitación para ponerse de su lado en la batalla mesmérica había sido el máximo de su acción voluntaria y sentía toda la pesadumbre de no verlo venir hacia ella, y tras haber realizado tal avance de su parte, tenía la impresión que la nueva retirada de Edgar equivaldría, para una dama de su clase, a una miserable ofensa. ¿No se había puesto ella, acaso, junto a su sirviente negro, ese incorregible salvaje? ¿No le había manifestado su preferencia en la fiesta de bienvenida? ¿No había...?

Lady Arabella tenía la sangre fría y estaba dispuesta a aguantar la indiferencia y hasta la ofensa si era necesario, con el fin de convertirse en la señora de *Castra Regis*. Sin embargo, no podía mostrar urgencia, era mejor esperar. Ahora lo conocía y podía predecir sus intenciones con relación a Lilla Watford. Conociendo ese secreto, podía hacer una cierta presión sobre Caswall, que este no podría sortear fácilmente. Su gran dificultad radicaba en cómo acercarse a él. Se hallaba encerrado en su castillo, favorecido por una barrera de convenciones sociales que ella no podía cruzar sin poner en riesgo su reputación. Durante días y noches, lady Arabella reflexionaba en todo esto. Finalmente, decidió que la única forma de llegar hasta él era ir abiertamente a *Castra Regis*. Su clase y posición lo hacía posible siempre que tomara las previsiones correctas. Después, en caso necesario, podría justificar sus razones. Cuando estuvieran solos, usaría sus habilidades y su experiencia para lograr que él mismo se comprometiera. Después de todo, Edgar era solo un hombre, con la misma aversión de todos los hombres por cualquier situación difícil o embarazosa. Y ella tenía bastante confianza en su absoluta femineidad como para ser capaz de vencer cualquier dificultad que pudiera presentarse.

Desde "La arboleda de Diana", todos los días sentía el sonido del gong que en *Castra Regis* avisaba la hora del almuerzo. De esa forma sabía cuál era el momento en que la servidumbre debía hallarse en la parte de atrás de la casa. Llegaría a esa hora y fingiendo no hallar a nadie que la recibiera, lo buscaría en sus propias habitaciones. Sabía que la torre estaba lejos de los ruidos normales de la casa y, por otra parte, que la servidumbre tenía órdenes precisas de no molestarlo cuando se encontraba en su cámara de la torre. También sabía, por un lado, con el apoyo de unos gemelos de teatro y, por otro, gracias a las prudentes preguntas que había realizado, que hacía poco tiempo y en varias oportunidades, habían trasladado y retirado de su habitación un pesado cofre, y que todas las noches se encerraba en ella. Era indudable que tenía entre manos algún asunto importante que se adueñaba de la mayor parte de su tiempo.

Mientras, otro integrante de *Castra Regis* efectuaba sus propios planes esperando lograr buenos resultados. Quienes se encuentran en la posición de sirvientes tienen múltiples oportunidades para ver a sus superiores y dictar sentencia sobre ellos. A su manera, Ulanga, era un hábil rufián y no tenía escrúpulos, además, pensaba que todo lo que ocurría en esta gran casa algún día podría ser útil para su propio provecho. Astuto, salvaje y sin reservas, tal cual era, los mecanismos que ideaba siempre eran indecorosos. Cuando se dio cuenta de que lady Arabella planeaba una encerrona para su amo, se mantuvo alerta ante el más pequeño detalle que pudiera mejorar su conocimiento. Igual que los demás miembros de la casa, sabía de las idas y venidas del gigantesco baúl y se le había metido entre ceja y ceja que las reservas mostradas al transportarlo indicaban que estaba cargado de tesoros. Todo el tiempo rondaba las habitaciones de la torre, con la expectativa de encontrar alguna revelación útil. Pero era tan cuidadoso como sigiloso y se cuidaba mucho de no ser observado por nadie.

Fue de ese modo como el negro descubrió la aventura de lady Arabella en la casa. Cuando ella creía que nadie podía verla, Ulanga fue muy cuidadoso de que las posiciones no se invirtieran. Más que nunca, tenía sus ojos y oídos bien abiertos y la boca muy cerrada. Al notar que lady Arabella se escurría por la escalera que llevaba hacia la habitación de su amo, dio por hecho que su presencia allí se debía a inconfesables intenciones, por lo que aumentó su cuidadosa y discreta vigilancia.

Ulanga sufrió un desengaño, pero no fue capaz de mostrar sus sentimientos para no traicionarse. Nuevamente se escabulló en silencio escaleras abajo y aguardó el mejor momento para continuar con sus planes. Se le había metido en la cabeza que el gran cofre estaba cargado de tesoros y que lady Arabella había venido para tratar de robarlos. Su deseo de unir esas dos ideas en beneficio propio se le ocurriría luego. Ulanga siguió a la mujer hasta su casa, en secreto. Especialista en esta materia, alcanzó —admirablemente— su objetivo en esta oportunidad. Vio entrar a lady Arabella en "La arboleda de Diana" por una puerta privada y, después, dirigiéndose por otro camino y escondiéndose de su vista, al fin la alcanzó en un espeso paraje de la arboleda donde nadie podía verlos.

Lady Arabella se asombró muchísimo. Durante varios días no había visto al negro y ya casi se había olvidado de su presencia. Ulanga se habría impresionado de haber sabido, y de haber podido comprender, la verdadera relevancia que la gente le atribuye a la belleza y al nivel social, en contraste con el ínfimo valor que él le daba a estos asuntos. No cabe duda de que Ulanga también tenía sus sueños, como cualquier otro ser humano.

En aquellos instantes, se percibía a sí mismo como un joven dios del Sol, poseedor de una belleza como los ojos de ninguna mujer, blanca o negra, nunca habían observado. Él había sido dotado de todas las virtudes distinguidas y seductoras, al menos las que se apreciaban como tales en su África natal. Creía que las mujeres lo amarían y se le declararían de la manera pública y ferviente que era habitual para las cuestiones del corazón allá en las sombrías profundidades de la selva de Costa de Oro.

Ulanga se aproximó a lady Arabella y con voz calmada, como concernía a la importancia de su intención y en cortesía al respeto que sentía por ella, y por aquel lugar, comenzó a manifestarle su amor. Lady Arabella por lo general no era una persona con ningún sentido del humor, pero es que ningún hombre o mujer de raza blanca hubiera podido contener la risa que surgió de manera espontánea de su boca. La situación era demasiado caricaturesca y el contraste demasiado extremo como para salvar la hilaridad. El hombre, un ejemplar pervertido y originario, de una fealdad simplemente maligna. La mujer, de alto rango, hermosa y elegante. A Ulanga le habría sido suficiente con un breve instante de reflexión para percatarse de la ofensa que significaba ante los ojos de ella semejante propuesta. Pero los siguientes segundos mostraron nuevas y diversas luces sobre la ofensa. La irritación de lady Arabella era exageradamente grande como para enfurecerse, y solo la burla y el sarcasmo podían serle útiles para enfrentar aquella situación. Su frío y desalmado carácter la ayudó y no dudó en reducir a ese ignorante salvaje a la más brutal humillación de su desprecio.

Ulanga no era claramente consciente de que aquella mujer lo estaba humillando y su rabia no era menor a causa de su ignorancia. Toleró, pues, este sentimiento, como lo hubiera tolerado un animal torturado. Apretó sus grandes dientes, se enfureció, palideció, y blasfemó en lenguas bárbaras usando imágenes igualmente bárbaras. Lady Arabella pensó que era una fortuna hallarse lo bastante cerca como para pedir ayuda, porque de otra forma el negro hubiera podido intimidarla con su bestial violencia o incluso matarla.

—¿Comprendí bien —le replicó ella con un frío desprecio, mucho más seguro para causar heridas que la pasión ardiente— que usted está declarándome su amor? *¿Su... amor?*

Como respuesta, Ulanga inclinó la cabeza. El maltrato de su voz, acompañada de una especie de funesto silbido, lo escuchó —y lo sintió— igual que un latigazo.

—¡¿Cómo se atreve?! ¡Usted! ¡Un salvaje, un esclavo, el gusano más infame del mundo! ¡Tenga cuidado! No le doy a su vida más importancia de la que daría a la de una rata o una araña. No vuelva a exponer jamás ante mí su repugnante rostro, o libraré al planeta de su presencia.

Y mientras hablaba, extrajo un revólver y lo apuntó con él. Ante la presencia inminente de la muerte, lo abandonó su insolencia y trató de disculparse débilmente. Lo que dijo fue breve, apenas unas pocas palabras. Para lady Arabella aquello no era más que un incomprensible tartamudeo, pero en el lenguaje del negro significaba amor, esposa y matrimonio. Era posible intuir su significado por la inflexión de sus palabras, sobre todo para la veloz percepción de una mujer. Pero ella se negó a continuar aquella conversación, Ulanga, al insistir en su cortejo, en el que se mezclaban las más torpes pasiones animales y las más ridículas amenazas, le señaló que estaba al tanto de sus propósitos de robar el tesoro de su amo y que la atraparía cuando lo hiciera. Pero, que si accedía a ser suya, él compartiría con ella sus tesoros y vivirían envueltos en lujos allá en las selvas africanas. Y si se negaba, él se lo diría todo a su amo, quien la flagelaría y la atormentaría, para después entregarla a la policía que la haría ejecutar.

XIV. Una nueva batalla

Los resultados de este encuentro en las sombras de "La arboleda de Diana" fueron duraderos y de largo alcance, y no solo para los dos involucrados. De Ulanga, conociendo su carácter, se podía esperar eso. Para él había dos sentimientos que eran insaciables e inagotables: la vanidad y aquel otro que se ha dado por llamar amor. Ulanga se retiró de la arboleda con el corazón plagado de odio. Su deseo y su ambición se habían alterado, mientras que su orgullo había sido herido en lo más hondo. El frío carácter de lady Arabella la mantuvo en una aparente calma, aunque ardía en cólera dentro de sí. Más que antes, estaba decidida a poner a Edgar Caswall a sus pies. Las dificultades que había encontrado y las ofensas que había sufrido eran suficientes para alimentar el deseo de venganza que la consumía.

Mientras caminaba dentro de sus propias habitaciones en "La arboleda de Diana", volvía al tema una y otra vez, y la cara de Lilla Watford se le aparecía todo el tiempo, como la única salida al problema que la afectaba: dirigir los poderes de Caswall, y su misma existencia, a favor de sus propias intenciones.

Encerrada en su habitación privada se puso a redactar una carta, cuidando tanto su contenido que la rompió y la volvió a escribir infinidad de veces hasta que su fina papelera estuvo casi llena de hojas de papel rotas. Cuando se sintió satisfecha, copió la misma en la última hoja limpia que le quedaba y quemó con cuidado los fragmentos que desechó. Después, colocó la misiva en un sobre con el escudo familiar, dirigido a Edgar Caswall en *Castra Regis*. Y luego, la envió con uno de sus sirvientes. La carta decía:

> *Estimado Señor Caswall,*
> *Me gustaría tener una conversación con usted sobre un tema que creo puede interesarle. ¿Podría tener la amabilidad de venir a buscarme uno de estos días después de comer, hacia las tres o las cuatro, para dar un paseo juntos? Únicamente hasta* Mercy Farm, *donde me gustaría ver a Lilla y a Mimi Watford. Podríamos beber una taza de té en la granja. No traiga a su sirviente africano con usted, ya que temo que su rostro asustaría a las jóvenes. Después de todo, no hay quien diga que es bello, ¿no le parece? Creo que esta vez le agradará su visita.*
> *Atentamente,*
>
> ARABELLA MARCH

Al día siguiente, a las tres y media de la tarde, Edgar Caswall se presentó en "La arboleda de Diana". Lady Arabella salió a su encuentro en el camino. Quería que su servidumbre se mantuviera lo más lejos posible de su secreto. Cuando lo alcanzó dio media vuelta y avanzó a su lado en dirección a *Mercy Farm*, manteniendo ambos el mismo paso. Al acercarse a *Mercy*, ella giró y miró a su alrededor esperando ver a Ulanga, o alguna señal de su presencia. No obstante, no lograba verlo. El africano había recibido de su amo órdenes terminantes de mantenerse escondido, lo cual fue para él una nueva ofensa de la mujer. Hallaron a Lilla y a Mimi en su casa, en apariencia contentas de verlos, aunque las dos jóvenes estaban sorprendidas de esta visita tan cercana a la anterior.

Lo que ocurrió esta vez fue una nueva repetición de la batalla mental de la visita previa. En esta oportunidad, sin embargo, Ulanga estaba ausente y Edgar Caswall debía complacerse con la presencia de lady Arabella como su único soporte. A la vez, Mimi no contaba con el apoyo de Adam Salton, que le había brindado un soporte tan útil con anterioridad. Esta vez la batalla por la supremacía de las voluntades fue más extensa y determinante. Caswall pensó que si no lograba vencer esta vez, sería mejor abandonar la idea del todo. Así que utilizó toda su fuerza contra Mimi. Mientras esperaban que les abrieran la puerta, lady Arabella, en un arranque repentino, le había dicho a Caswall en voz baja pero con suficiente convicción:

—Esta vez, usted debe ser el vencedor. Después de todo, Mimi no es más que una mujer. No le tenga misericordia. Eso sería una gran debilidad. Luche contra ella sin cuartel, golpéela, humíllela, mátela si es necesario. Ella ha interferido en su camino y yo la odio por ello. Nunca le quite los ojos de encima. Lilla no tiene importancia, ella le tiene miedo. Usted ya la domina. Mimi tratará que usted vea a su prima. Y eso puede representar su derrota. Si usted siente que ella comienza a vencerlo, tome mi mano y apriétela lo más fuerte que pueda mientras la sigue mirando con firmeza a los ojos. Si es demasiado fuerte para usted, yo intervendré. Causaré algún incidente que sirva para distraerla y usted podrá retirarse invicto, aunque no sea victorioso. ¡Silencio! Aquí llegan.

Las dos jóvenes vinieron juntas a abrir la puerta. Desde el oeste llegaban sonidos raros que surgían del Brow. Se trataba de los traqueteos y los crujidos de las cañas secas y de los juncos de las tierras bajas. Esta había sido una estación particularmente seca y el enérgico viento del este también ayudaba enviando grandes bandadas de pájaros, en especial palomas blancas con capuchón. No solo se escuchaba el sonido de sus alas al volar, sino que sus gorjeos también eran perfectamente audibles. Estos sonidos, al venir de tal multitud de pájaros, individualmente desagradables, evocaban el bullicio de una tormenta. Sorprendidos por este volumen de pájaros, a los cuales ya no estaban tan habituados como hacía cierto tiempo, levantaron sus miradas hacia *Castra Regis*, desde cuya alta torre planeaba, como era habitual, la inmensa cometa. Pero, a medida que iban mirando, la cuerda se rompió y la gran cometa cayó precipitándose en una serie de veloces picados. Su propio peso y la fuerza del aire que la impulsaba y avivaba su elevación, combinados con la enérgica brisa del este, fueron demasiado para la extensa cuerda que la sostenía.

En algún sentido, la caída de la cometa le dio una nueva esperanza a Mimi. Despojada de cualquier otro asunto secundario, la principal batalla sería más simple de ahora en adelante. En su corazón sentía como si una nota religiosa la hubiese sacudido de nuevo. El regreso de las aves le había dado un valor renovado y una gran seguridad en la victoria final. Después del castigo del silencio, que todos sufrieron durante largo tiempo, cualquier nueva muestra de pensamiento era recibida casi como una bendición del cielo. La afluencia de pájaros continuó y golpeaban con sus alas contra los crujientes juncos. Lady Arabella comenzó a palidecer y estuvo a punto de desfallecer.

—¿Qué es eso? —preguntó repentinamente.

A Mimi, que había nacido y había sido criada en Siam, ese sonido le recordaba inexplicablemente el que provocaban los encantadores de serpientes, solo que muy ampliado.

Edgar Caswall fue el primero en recobrarse después de la perturbación por la caída de la cometa. En breves instantes parecía haber recuperado toda su *sang-froid* y estaba preparado para retomar su intención original. Mimi también se recuperó muy rápido, pero por causas distintas. Tenía la profunda certeza religiosa de que la lucha en la que estaba sumergida equivalía al perpetuo enfrentamiento entre el bien y el mal y, también, que el bien triunfaría. La aparición de esas palomas de plumaje blanco con sus capuchones de Santa Columba, confirmó esa impresión. Y con esta firme convicción prosiguió el raro combate con renovado vigor. Parecía ser capaz de vencer a Caswall y de enviarlo de regreso al lugar donde se encontraron. Nuevamente, sus vigorosos pases lo llevaron hasta la puerta. Cuando ya se disponía a salir, lady Arabella, que había estado mirándolo fijamente, tomó su mano y trató de detener su retirada. No obstante, su ayuda no sirvió de nada y ambos salieron cogidos de la mano. En ese instante, el extraño sonido que tanto había afectado a lady Arabella se detuvo bruscamente y las dos primas miraron por instinto hacia *Castra Regis*. Pudieron observar que los obreros habían reparado la cometa, la cual había vuelto a elevarse y comenzaba a planear en la misma posición que antes.

Mientras observaban la reaparición de la cometa, la puerta se abrió y en la habitación entró Michael Watford. Para ese momento ambas jóvenes habían recuperado ya el control de sí mismas y nada de sorprendente hubiera podido atraer la atención del anciano. Cuando entró, sintió concentradas sobre él las curiosas miradas de ambas jóvenes y señaló:

—Esta reciente invasión de pájaros, no es más que la migración anual de palomas que vienen de África. Me han dicho que culminará pronto.

La segunda victoria de Mimi Watford desconsoló más que nunca a Edgar Caswall. Se encerró en sí mismo, y esto junto a su profundo interés en asegurar el triunfo de sus poderes mesméricos, le llevó a conspirar un serio plan de venganza. El principal objetivo de su rencor era Mimi, claro está, cuya voluntad lo había vencido nuevamente. Pero también encerraba, en mayor o menor grado, a todos quienes se le habían enfrentado. Lilla seguía a Mimi en su odio. Lilla, una joven innocua y compasiva, cuyo corazón estaba tan colmado de amor por todas las cosas, que en él no había espacio para las demás pasiones de la vida corriente y cuya naturaleza era parecida a las palomas de Santa Columba, tanto por el color de su ropa como por la apariencia de su cuerpo. Adam Salton la seguía después, pero algo distanciado. Caswall no tenía ningún resentimiento directo contra él. Lo percibía como un obstáculo, un problema del que es necesario librarse o que hay que destruir. Por otro lado, el joven australiano había sido tan prudente, que lo único que tenía en su contra era su conocimiento de todo lo que había sucedido. Caswall no lo entendía y, para un carácter como el suyo, la ignorancia era suficiente motivo de prevención y recelo.

De nuevo, Caswall retomó el hábito de observar la gran cometa tirando de la cuerda, y alternaba esta actividad con un reconocimiento adicional de los extraños tesoros de su casa, en especial el cofre de Mesmer. Se solía aislar en el tejado de la torre, mascando su obstaculizada pasión. La inmensa extensión de sus propiedades, visibles desde esa altura, —pensaría alguno— que hubiera podido brindarle parte de su antigua satisfacción. Pero la misma magnitud de su propiedad, aunque él no hubiera hecho nada para formarla, le otorgó un nuevo sentimiento de ofensa. ¿Cómo era posible, pensaba él, que teniendo bajo su poder tantas cosas que los demás envidiaban, no pudiera alcanzar el más profundo deseo de su corazón?

En ese estado de degradación moral e intelectual, halló cierto alivio al retomar sus experimentos sobre los poderes mecánicos de la cometa. Durante dos semanas no vio nuevamente a lady Arabella, quien se encontraba, todo el tiempo, a la espera de alguna ocasión de encontrarse con él, ni tampoco a las Watford, que intencionalmente se alejaban de su camino. Adam Salton, sencillamente, dejaba transcurrir el tiempo manteniéndose alerta para actuar contra cualquiera que importunara a sus amigas. Fue a visitar la granja y oyó de labios de Mimi el relato de la última lucha de voluntades. Su única respuesta fue encargarle a Ross varias mangostas adicionales, incluyendo una segunda matadora de cobras, la cual llevaba generalmente con él —dondequiera que fuese— dentro de su caja.

Los ensayos de Caswall con la cometa continuaron con éxito. Cada día intentaba elevar objetos más pesados y podía darse cuenta de que la máquina tenía una sensibilidad propia, que aumentaba de acuerdo a los obstáculos que se le imponían. Ahora, la cometa volaba en el cielo a una considerable altura. Como el viento regularmente soplaba desde el norte, la dirección de la cometa se dirigía hacia el sur. Durante el día eran enviados hacia arriba mensajeros con peso cada vez mayor. Algunos eran de papel o cartón delgado, otros eran de cuero y ciertos materiales blandos. La gran altura a la que colgaba la cometa formaba una gran curva cóncava en la cuerda, por lo que los mensajeros al subir producían un sonido como el aleteo de alas. Si uno colocaba un dedo sobre la cuerda, se escuchaba una especie de intermitente murmullo sepulcral como respuesta al aleteo de los mensajeros. Edgar Caswall, que ahora se encontraba totalmente obsesionado por la cometa y todo lo relacionado con ella, encontró una indiscutible semejanza entre ese intermitente murmullo y la música encantadora de serpientes producida por las palomas al volar a través de los juncos resecos.

Un día hizo un hallazgo en el cofre de Mesmer, que consideró que le sería útil en lo relativo a los mensajeros. Era un extenso trozo de alambre "tan fino como un cabello humano", recogido alrededor de un disco delicadamente trabajado, que se desplazaba libremente y con gran suavidad hasta una distancia asombrosa. Caswall trató de usarlo para sus mensajeros y encontró que funcionaba perfectamente. Trabajaba igual de bien si el mensajero iba solo o si transportaba algún objeto mucho más pesado que él mismo. Adicionalmente, era lo bastante fuerte y ligero como para tirar del mensajero sin que sufriera un excesivo aumento de tensión. Lo probó en varias oportunidades con éxito, aunque al llegar la noche le resultaba muy difícil divisar al mensajero. Así que buscó un objeto que fuera lo suficientemente pesado como para mantenerlo inmóvil. El recurso fue la estatuilla egipcia de Bes, cuyo soporte y protección de madera, cubrió con el fino alambre. Para entonces, como la oscuridad se había apoderado del ambiente, dejó así todo el ensayo y volvió a sus habitaciones.

Esa noche advirtió una rara sensación de pesadumbre que no se trataba de insomnio, ya que parecía consciente de que estaba dormido. Se levantó hacia el amanecer y, como era su rutina, se asomó a la ventana para observar la cometa. Cuando no pudo verla en su posición regular sobre el cielo, la buscó en todas las direcciones de la brújula. Y fue grande su sorpresa cuando al rato observó a la desaparecida cometa batallando como de costumbre contra la cuerda que la ataba. Se había desplazado hacia la esquina más alejada de la torre y ahora volaba hacia el norte, tirando de la cuerda contra la dirección del viento. El hecho le pareció tan extraño que decidió estudiarlo y no decir nada mientras tanto.

Edgar Caswall se había habituado a emplear el sextante en sus múltiples viajes y, ahora, era un experto con el aparato. Con la ayuda de este y otros instrumentos, se halló en condiciones de determinar la posición de la cometa y el lugar desde donde planeaba. Y lo asombró descubrir que —en la medida que pudo verificarlo— la cometa se encontraba exactamente sobre "La arboleda de Diana". Su primer pensamiento fue el impulso de decirle a lady Arabella lo que estaba sucediendo, pero lo pensó mejor y sabiamente se contuvo. Se alegró de su silencio cuando al día siguiente, por alguna razón que ni él mismo pudo explicarse, descubrió al ver la cometa que el sitio donde ahora planeaba era *Mercy Farm*. Cuando lo comprobó con sus instrumentos, se ubicó frente a la ventana de la torre para pensar sin dejar de observar a aquella. La nueva ubicación era más de su agrado que la anterior, pero el motivo de ello lo confundía a pesar de todo. Pasó el resto del día en la estancia de la torre, la cual no dejó para nada en toda la jornada. Tenía la impresión de estar siendo arrastrado por fuerzas que no podía manejar —o que en realidad no conocía— hacia una dirección enigmática y opuesta a su propia voluntad. En su completa e infructuosa incapacidad para resolver satisfactoriamente la intriga, llamó a un sirviente y le ordenó que hiciera venir a Ulanga de inmediato a la habitación de la torre. Recibió como respuesta que el negro no había sido visto desde el día anterior.

Caswall se hallaba tan susceptible que este suceso sin importancia lo alteró por completo. Como se hallaba distraído y quería conversar con alguien, mandó a llamar a Simón Chester que vino de inmediato, casi sin aliento por la prisa y perturbado por lo sorpresivo de la llamada. Caswall le dio la orden de sentarse y cuando se tranquilizó un poco, le preguntó nuevamente si había visto lo que contenía el cofre de Mesmer o si había escuchado hablar de él. Chester reconoció que en una oportunidad, en tiempos del "señor Edgar de aquel entonces", había visto el cofre abierto y conociendo su historia de oídas e imaginando el resto, se alteró tanto que sufrió un desmayo. Cuando se despertó el cofre estaba cerrado y desde ese día, el "señor Edgar de aquel entonces" nunca más volvió a mencionarlo.

Cuando Caswall le pidió que le narrara lo que había visto en el cofre abierto, Chester se alteró y, pese a todos sus intentos por mantener la calma, repentinamente perdió el conocimiento. Caswall llamó a los sirvientes, que le dieron al anciano los remedios de costumbre. No obstante, el pobre Simón Chester no se recuperaba. Después de un largo rato, hizo acto de presencia el médico que habían mandado a llamar y fue suficiente una ojeada para dar su diagnóstico. Con todo, se inclinó junto al anciano, lo examinó con cuidado y levantándose nuevamente, dijo con voz ahogada:

—Señor, lamento decirle que este hombre ha fallecido.

XV. Sobre la pista

Los que habitualmente habían visto a Edgar Caswall desde su llegada y habían apreciado su sangre fría como algo positivamente valioso, quedaron asombrados al verlo tomar tan en serio la muerte del viejo Chester. Ciertamente, ninguno de ellos había comprendido su carácter de la forma correcta. La mayoría pensaba que el pesar que experimentaba era el de un amo por un viejo y leal servidor de la familia. Muy pocos se percataron de que era la vulgar y egoísta expresión de su inmensa frustración por la partida del único superviviente de un período que le interesaba de la historia de su familia, para siempre condenada al misterio. Caswall sabía lo necesario sobre la vida de su antepasado en París como para querer conocer el resto más profundamente. Ese período cubierto por la vida de su antecesor en París es uno de esos periodos capaces de despertar todo tipo de curiosidad.

Lady Arabella, que continuaba con sus propios planes, apeló al oficio de amiga compasiva para ir con regularidad a ver al hombre que quería atrapar. Llevó esta idea a la práctica por primera vez el día siguiente de la muerte del anciano Chester. Ciertamente, en cuanto la noticia se coló por la puerta de servicio de "La arboleda de Diana". Durante el encuentro, ella realizó tan bien su papel que conmovió a Caswall, a pesar de la frialdad de su carácter.

El único que no fue engañado por las emociones de lady Arabella fue Ulanga. En lo emocional, así como en otros aspectos, Ulanga era especialmente práctico y no podía comprender otro sentimiento de pesar que el procedente de su propia angustia, tristeza o falta de dinero. En sus esquemas mentales no cabía que alguien pudiera aparentar tales emociones sin estar motivado por intenciones engañosas. Creyó que había regresado a *Castra Regis* con la finalidad de robar algo y se propuso, que en esta oportunidad, no perdería la oportunidad de usar su ventaja sobre ella. Sabía, por lo tanto, que era el momento para exagerar los cuidados al vigilar todo cuanto ocurriera. Desde que llegó a la conclusión de que lady Arabella deseaba robar el tesoro del cofre, prácticamente, comenzó a imputarle similares propósitos a todos y aumentó la vigilancia de personas y de sitios sospechosos. Por otra parte, como Adam estaba concentrado en sus propias investigaciones sobre lady Arabella, era normal que en algún punto se cruzaran los pasos de ambos. Y eso fue lo que de verdad sucedió.

Adam salió muy temprano por la mañana a investigar el lugar que le interesaba, llevando con él la mangosta dentro de su caja. Llegó a la reja de entrada de "La arboleda de Diana", justo cuando lady Arabella se disponía a salir en dirección a *Castra Regis*, para realizar lo que ella denominaba su labor de condolencias. Al ver por la ventana que Adam rondaba entre las sombras de los árboles que rodeaban la entrada, imaginó que debía tener propósitos parecidos a los suyos. Por eso, terminó de vestirse rápidamente, salió de la casa en silencio y, empleando cualquier sombra o árbol que pudiera ocultarla, siguió al joven en su ronda.

Ulanga, experto en seguir huellas, estaba detrás de lady Arabella ocultando sus pasos mejor que ella. Notó que Adam cargaba sobre el hombro una caja extraña y se la imaginó llena de objetos valiosos, confirmando esa idea por el hecho de que lady Arabella seguía a Adam en secreto. Seguía obsesionado con la idea de que ella quería robar y creyó que en este momento estaría aprovechando esta nueva circunstancia.

En su ronda, Adam llegó hasta los terrenos de *Castra Regis* seguido disimuladamente por lady Arabella, y Ulanga tenía miedo de ser descubierto si se acercaba más. Cuando se dio cuenta de que lady Arabella iba hacia el castillo, comenzó a seguirla con una sola intención. Por eso no se dio cuenta cuando Adam cambió de rumbo y regresó al camino principal.

Edgar Caswall había dormido mal aquella noche. El fatídico suceso del día no se borró de su mente y lo mantuvo despierto y preocupado. Después de desayunar rápidamente, se sentó frente a la ventana abierta, observando la cometa y reflexionando sobre distintos temas. Desde su habitación podía avistar toda la vecindad, pero los dos lugares que más llamaban su atención eran *Mercy Farm* y "La arboleda de Diana". Al principio, las labores en esos dos lugares eran bastante sencillas, tareas domésticas y agrícolas, abrir puertas y ventanas, cepillar, barrer y, por lo general, renovar el orden cotidiano.

Desde esa ventana, cuya altura lo ocultaba de ser visto por los demás, pudo darse cuenta de la presencia, en sus tierras, de las tres personas que se acercaban. Repentinamente, el grupo se separó: Adam Salton tomó una dirección y lady Arabella, seguida de Ulanga, tomó otra. Luego el negro se ocultó entre los árboles, aunque Caswall podía observar que aún estaba espiando. Lady Arabella, después de mirar alrededor suyo, se deslizó por la puerta abierta del Castillo y, de hecho, quedó fuera de su campo visual.

No obstante, al instante, escuchó el suave golpe en la puerta, que se abrió muy despacio para dejar entrar a lady Arabella, cuyo vestido blanco fue, en aquella semipenumbra, igual al resplandor de sol.

XVI. UNA VISITA DE CONDOLENCIA

Caswall quedó francamente sorprendido cuando observó a lady Arabella, a pesar de que no tenía ningún motivo para ello después de lo que sucedió entre ellos. La muestra de sorpresa en su rostro fue muchísimo mayor de la que esperaba lady Arabella y, aunque ella creía que estaba preparada para hacer frente a cualquier cosa, se quedó paralizada por el asombro. A pesar de su sangre fría y su capacidad para salir triunfante de cualquier situación, quedó desconcertada y no lograba reaccionar. A pesar de ello y aunque no tenía la menor idea de lo que iba a decir, era una mujer atrevida y comenzó a hablar de inmediato.

—He venido a presentarle mi más sentida condolencia por la pérdida que acaba de sufrir tan recientemente.

—¿Qué pérdida? Me temo que debo de ser un necio, pero no entiendo que me quiere decir.

Percibiendo que había perdido la ventaja de su llegada, lady Arabella dudó.

—Me estaba refiriendo al anciano que murió tan repentinamente, su anciano... servidor.

La expresión de Caswall perdió algo de su desorientada concentración.

—¡Bah! Era solo un sirviente. ¡Y ya tenía más de noventa años!

—Pero, como era un viejo servidor...

Las palabras de Caswall no sonaron tan frías como su tono de voz.

—Nunca me he involucrado en la vida de mis servidores. Estaba aquí, simplemente, porque hacía mucho tiempo que era parte de la herencia. Supongo que el mayordomo no lo despidió por temor a volverse impopular.

Pero, ¿cómo diablos iba ella a continuar con la labor que se había propuesto si la conversación tomaba ese camino? Por lo que probó de inmediato otra estrategia, esta vez de tipo personal.

—Me disculpa por haberlo molestado. Suelo respetar las convenciones, aunque en efecto no soy esclava de ellas. De todas maneras, hay ciertos límites... es bastante inadecuado llegar de esta forma a la casa de otro y no sé qué puede decir, o pensar usted, de la hora escogida para esta intrusión.

A pesar de todo, Edgar Caswall era un caballero por hábito y por formación, por lo que se sintió animado para la ocasión.

—Lady Arabella, solo puedo decirle que usted siempre será bienvenida, sea cual sea el momento en que se digne enaltecer mi casa con su presencia.

Ella le sonrió con dulzura.

—Muchas gracias. Usted sabe cómo lograr que una mujer se sienta confiada en su presencia. Mi infracción de las convenciones me alegra en lugar de apesadumbrarme. Creo que puedo mostrarle mi corazón.

De inmediato comenzó a hablarle de Ulanga y de sus raras sospechas sobre su honradez. Caswall se rio muy animado y la hizo narrarle todos los detalles. Su comentario final fue revelador.

—Déjeme darle un consejo, si usted tiene la más pequeña falta que reprocharle a ese endemoniado negro, mátelo en cuanto lo vea. Un negro arrogante, con un pensamiento fijo en su mente, es uno de los peores problemas con que una persona se puede enfrentar. ¡Así que lo mejor es hacer un trabajo limpio y eliminarlo de una vez!

—Pero..., señor Caswall, ¿y la ley?

—¡Oh! A la ley no le importa demasiado la muerte de un negro. Un negro más o menos, no importa. Para mí, más bien sería un descanso.

—Usted me asusta —fue la única respuesta de lady Arabella, expresada con una voz muy suave y una dulce sonrisa.

—Está bien —dijo él—, vamos a dejarlo así. De cualquier manera, nos libraremos de uno de ellos.

—No me agradan los negros más que a usted —contestó lady Arabella— y pienso que no habrá que enredar las cosas si uno de ellos desaparece.

Después, cambiando de nuevo su tono de voz y su expresión, le dijo cordialmente:

—Y ahora, dígame si estoy perdonada.

—Así es, mi querida señora, si es que había algo que perdonar.

Mientras hablaba, Caswall observó que lady Arabella se preparaba para partir y caminó junto a ella hasta la puerta. La acompañó, de la forma más natural, escaleras abajo. Cruzó el hall de entrada y bajó por el sendero con ella y mientras Caswall regresaba a su casa, ella sonrió para sí misma.

—Bueno, todo salió a pedir de boca. No creo que la mañana haya sido desaprovechada del todo.

Y despacio, regresó caminando a "La arboleda de Diana".

Adam Salton transitaba por el acantilado y refrescaba su memoria a propósito de los distintos lugares que circundaban la propiedad de su tío. Regresó a *Lesser Hill* en el momento en que *sir* Nathaniel comenzaba su almuerzo. El señor Salton se había dirigido hacia Walsall para una cita previa, así es que se encontraba solo. Cuando terminó de comer, observó en la cara de Adam que este tenía algo que decirle. Lo acompañó hasta el estudio y cerró la puerta.

Cuando ambos hombres hubieron encendido sus pipas, *sir* Nathaniel empezó,

—He recordado un dato curioso sobre "La arboleda de Diana". Se trata de un raro misterio sobre esa casa, del que me enteré hace mucho tiempo. Puede ser de cierto interés o, por el contrario, insignificante en este complejo enredo que estamos tratando de desenredar.

—Por favor, dígame todo lo que sepa o piense. Para comenzar, ¿de qué tipo es el misterio? ¿Científico, físico, mental, sobrenatural, moral, histórico? Cualquier tipo de pista me será de ayuda.

—Está bien. Trataré de contarle lo que pienso, pero le advierto que no he logrado ordenar mis idas lógicamente, y tendrá que disculparme el posible desorden del relato. Supongo que usted conoce la casa de "La arboleda de Diana".

—Solo el exterior, pero la tengo muy presente y puedo almacenar en mi memoria cualquier detalle que usted señale.

—La casa es muy antigua y es posible que ya hubiera existido en tiempos de los romanos. Es evidente que fue recuperada, posiblemente, en varias ocasiones en épocas posteriores. Se sabe que la casa ya estaba en pie cuando Mercia era un reinado independiente, y no creo que sus bases sean posteriores a la conquista normanda. Hace muchos años, la estudié cuidadosamente cuando era presidente de la Sociedad Arqueológica de Mercia.

El capitán March acababa de adquirirla y la casa había sido restaurada nuevamente para adaptarla a los gustos de su esposa. Sus bases eran muy sólidas, casi tan sólidas y pesadas como las de una fortaleza. Había en ellas una gran cantidad de habitaciones subterráneas y una de ellas me impresionó particularmente. Era de formidables dimensiones y de sólida albañilería. En el centro tenía un pozo, abierto a ras del suelo y claramente profundo. No había polea, ni señal de que la hubiera habido, ni cuerda, ni nada. Se sabe que los romanos perforaban pozos muy profundos, de los que obtenían agua con una cuerda hecha de trapos viejos. En Woodhull fue hallada una que medía cerca de trescientos metros. Sin embargo, aquí solo teníamos el agujero del pozo considerablemente profundo. La puerta de la habitación era maciza y poseía una cerradura de casi treinta centímetros cuadrados. Era evidente que estaba destinada a resguardar de algún modo a alguien o a algo, pero nunca se supo de nadie que hubiera visto la habitación en aquellos días. Todo esto viene *à propos* de una sugerencia de mi parte: el pozo era la ruta de entrada y salida del gusano blanco, si es que existió. En aquella época intenté hacer investigaciones, hasta excavaciones si era necesario pagándolas yo mismo, pero todas mis indicaciones recibieron una rápida y manifiesta negativa. Claro está, que no seguí con el asunto. Luego, todo aquello fue borrándose de la memoria, incluyendo la mía.

—¿Señor, recuerda usted —preguntó Adam—, la apariencia de la estancia donde estaba el agujero del pozo? ¿Había mobiliario u otro tipo de cosas en ella que puedan ayudar a identificarla?

—Lo único que viene a mi memoria es una especie de luz verde, muy nebulosa y apagada, que emergía del pozo. No era una luz permanente, sino discontinua e irregular y no tenía parecido con nada conocido.

—¿Y recuerda usted cómo llegó hasta la habitación del pozo? ¿Se accedía por una puerta desde afuera o desde alguna habitación o corredor internos?

—Creo que era una habitación a la que se llegaba por un pasadizo. También me acuerdo de haber bajado algunos escalones muy empinados. Estaban muy gastados por el uso o algo por el estilo, porque era muy difícil mantener mis pies mientras bajaba. En uno de ellos di un traspié y casi me caigo dentro del pozo.

—¿Notó algo extraño en ese lugar? ¿Un olor raro, por ejemplo?

—¿Olor raro? ¡Sí! Similar al de la bodega de un barco o al de un pantano podrido. Era definitivamente repugnante, estuve muy cerca de enfermarme y vomitar. Trataré de repasar nuevamente aquella visita por si logro recordar algo más de lo que vi o percibí allí.

—Está bien, señor, espero que al terminar el día me dirá todo aquello que tenga oportunidad de recordar.

—Será un placer, Adam. Si para ese momento su tío no ha vuelto, nos encontraremos después de cenar en el estudio para proseguir esta interesante charla.

XVII. EL MISTERIO DE "LA ARBOLEDA"

Esa misma tarde, Adam decidió hacer una corta indagación. Mientras cruzaba los bosques ubicados frente a la reja de "La arboleda de Diana", le pareció ver por un segundo la cara del africano. Por lo que penetró más en la maleza y continuó por un camino paralelo a la avenida de la casa. Le agradó verificar que no había trabajadores ni sirvientes, porque no quería que el personal de lady Arabella lo encontrara hurgando en sus tierras. Aprovechando la espesura de los árboles, se aproximó a la casa y la rodeó. Sus esfuerzos fueron retribuidos, ya que en la parte más lejana de la casa, vecino al lugar donde caía perpendicularmente la pared rocosa del acantilado, vio a Ulanga oculto detrás del tronco irregular de un gran roble. El hombre estaba tan concentrado en vigilar a algo o a alguien, que no se dio cuenta de que también él era vigilado. Esto benefició a Adam, pues le permitió investigar a discreción.

El tupido bosque proyectaba una cerrada sombra, aunque la mayoría de los árboles eran de delgado grosor. La abrupta pared frente a la que crecían los árboles detrás de los cuales vigilaba el africano, se encontraba casi en la oscuridad. Adam se aproximó todo lo que pudo y se sorprendió cuando vio una mancha de luz en el terreno que había frente a él. Cuando se percató de lo que era, se mostró más decidido a continuar su investigación a toda costa. El negro tenía en su mano una linterna amortiguada y orientaba la luz hacia la parte más baja de la empinada pendiente. El deslumbrante resplandor mostró la existencia de unos trozos de escalera de piedra, que finalizaban en una pesada puerta de hierro, ubicada por debajo del nivel de la casa y sobre la pared de piedra de sus bases. Todos los hechos extraños que *sir* Nathaniel le había narrado, y todas las cosas que él mismo había descubierto, pequeñas o grandes, se agruparon en su cerebro de manera caótica. Por instinto se ocultó detrás del inmenso tronco de un roble, para poder ver —sin ser visto— lo que ocurría en la casa.

Después de un rato, fue evidente que la intención del africano era descubrir lo que se ocultaba detrás de aquella pesada puerta. No había manera de observar nada del interior, ya que la puerta estaba ajustada herméticamente a sus bisagras de piedra sólida. La luz solo podía entrar en el interior a través de una rendija que se encontraba entre las grandes losas del dintel. Pero ese hueco estaba demasiado alto, como para ver a través de él desde el nivel del suelo. Ulanga, alzándose sobre la punta de sus pies y manteniendo la linterna lo más alta que le era posible, orientó la luz hacia el marco de la puerta, buscando alguna otra grieta u orificio en el metal a través del cual pudiera dar un vistazo. Habiendo fallado en el intento, trajo del bosque un tablón de madera, que apoyó contra el dintel de la puerta, y trepó por ella con gran habilidad. Pero tampoco llegó lo suficientemente cerca de la ranura como para poder mirar hacia el interior y ni siquiera orientar la luz de la linterna a través de ella. Entonces bajó y volvió a colocar la tabla en el sitio de donde la había cogido. Después, se escondió cerca de la puerta de hierro, con la determinación de permanecer allí hasta que alguien pasara por ese lugar. Al poco rato, lady Arabella se acercó a la puerta, avanzando muy silenciosamente en aquella penumbra. Cuando Ulanga la observó tan cerca de él que podía tocarla, dio un paso delante dejando su escondite y le habló en un murmullo que a través de las sombras sonó igual que un silbido.

—Quisiera hablar en secreto con usted, *señita,* ahora.

—¿Qué quieres?

— Ya se lo dije, *señita.* Usted lo sabe muy bien.

Ella lo vio lanzando chispas por los ojos, que relumbraban como esmeraldas a causa de su color verde.

—No sé nada. Si tienes algo importante que decirme, estaré en este mismo sitio a las siete en punto.

El negro no contestó con palabras, pero, uniendo las palmas de las manos, se inclinó poco a poco hasta tocar el suelo con su frente. Luego se levantó y se retiró calladamente.

Adam Salton vio la situación desde su escondite y quedó muy impresionado. Después de algunos minutos, dejó ese lugar y regresó a *Lesser Hill*, decidido a regresar a "La arboleda de Diana" a las siete en punto, para presenciar —escondido— el próximo encuentro entre lady Arabella y el negro.

Poco antes de las siete, Adam dejó furtivamente su casa y retomó el camino de vuelta a la parte de atrás de "La arboleda de Diana". El lugar parecía silencioso y solitario, lo cual aprovechó para ocultarse más cerca del lugar en donde había observado a Ulanga tratando de descubrir lo que había oculto detrás de la puerta de hierro. Esperó, totalmente inmóvil hasta que finalmente observó cómo un resplandor blanco atravesaba la maleza en silencio. No se asombró al reconocer el color del vestido de lady Arabella. La dama se acercó y se paró frente a la puerta de hierro, como aguardando. De algún lugar cercano apareció Ulanga y se acercó a la mujer. Adam, con divertida sorpresa, notó que llevaba al hombro la caja de su mangosta. Por supuesto, el africano no imaginaba que estaba siendo espiado, y menos aún por el hombre al que había robado.

A pesar de su caminar silencioso, lady Arabella lo escuchó llegar y se dio la vuelta para encontrarse con él. Era muy difícil reconocerlo en la oscuridad, pues como siempre, estaba vestido totalmente de negro, salvo el cuello de la camisa y los puños, de un blanco resplandeciente. Lady Arabella comenzó la conversación:

—¿Qué deseas de mí? ¿Robarme o matarme?

—No, ¡quiero amarla!

La respuesta la hizo estremecer un poco, por lo que intentó cambiar el tono de la conversación.

—¿Eso que llevas al hombro, es un ataúd? Porque si es así, estás perdiendo tu tiempo. No quepo en él.

Cuando un negro siente que se están burlando de él, toda la ferocidad de su carácter sale a la superficie, y este hombre era de la peor calaña.

—No es el ataúd de "naide". Esa caja es pa'usted. Algo que le agradará. Se la regalo.

Con la intención de alejarlo del tema de aquel amor imposible que, según ella suponía, lo había hecho perder la sensatez, lady Arabella realizó un nuevo esfuerzo para ocupar su mente con otra cosa.

—¿Con que ese es el motivo por el que quieres verme? —él afirmó—. Entonces vamos por la otra puerta. En silencio. No deseo ser observada cerca de mi propia casa hablando con... con un negro como tú.

Buscó la palabra intencionadamente. Deseaba aplastar la pasión de Ulanga de algún modo. En cualquier caso, eso lo ayudaría a quedarse tranquilo. En las oscuras tinieblas que los rodeaban, ella no lograba observar la rabia que encendía el rostro del africano. Sin embargo, los ojos hinchados y el rechinar de los dientes suelen ser suficientes muestras de ira, inclusive en la oscuridad. Lady Arabella rodeó la casa por el lado derecho y Ulanga la siguió hasta que ella lo detuvo levantando la mano.

—No, por esta puerta no —señaló—, no es para negros. La otra puerta será bastante para ti.

Lady Arabella tomó una minúscula llave que colgaba de la cadena de su reloj y avanzó hacia una pequeña puerta, a muy baja altura, ubicada al cruzar la esquina sobre un ligero declive en la cima del acantilado. Ulanga, obediente al gesto, volvió hacia la puerta de hierro. Adam observó con atención la caja de la mangosta que el africano llevaba consigo, y se alegró al darse cuenta de que estaba bien. Al mismo tiempo, de modo inconsciente, tocó la llave de la caja que llevaba en el bolsillo de su chaleco. Cuando Ulanga desapareció de la vista, Adam avanzó hacia lady Arabella.

XVIII. EL FIN DE ULANGA

La mujer se dio la vuelta rápidamente cuando Adam le tocó el hombro.

—Ahora que estamos solos, me permito sugerirle que no confíe en el negro —dijo él.

La respuesta de lady Arabella fue áspera y tajante.

—No lo hago.

—Hombre precavido vale por dos. Puede contarme si lo desea, por su propia seguridad personal. ¿Por qué desconfía de él?

—Amigo mío, usted no tiene idea de la desfachatez de ese hombre. ¿Creería que me ha propuesto matrimonio?

—¡No! —respondió Adam incrédulo y divertido a pesar suyo.

—Pues sí, y para que consintiera, quería sobornarme compartiendo conmigo el cofre robado al señor Caswall, que él piensa que está lleno de tesoros. Y usted, señor Salton, ¿por qué desconfía de él?

—¿Observó usted la caja que lleva al hombro? Es mía. La guardé en la sala de armas cuando me fui a comer. Debe haber entrado escondido para robarla. Sin duda, debe creer, que también está llena de tesoros.

—¡Así es, ciertamente!

—¿Cómo rayos puede saberlo usted? —preguntó Adam.

—Porque acaba de ofrecérmela como regalo. Otro soborno para que lo acepte. ¡Uf!, me da vergüenza contarle estas cosas. ¡Es un animal!

Mientras conversaban, lady Arabella abrió la delgada puerta de hierro. Se conservaba bastante bien, se abría con facilidad y volvía a cerrarse herméticamente, sin producir ningún tipo de ruido. El interior se hallaba a oscuras, pero lady Arabella caminó sin dudas ni recelos como si estuviera iluminado por la luz del día. Fue suficiente un reflejo verde, cuya fuente no podía determinar, para que Adam notara la existencia de una escalera de piedra sólida que llevaba hacia arriba. Lady Arabella cerró la puerta detrás de ella, y comenzó a subir aquellos escalones grácil y rápidamente. Durante un segundo todo se mantuvo en tinieblas. Después regresó la apagada luz verde que vio antes, dejando que distinguiera los contornos de las cosas. Otra puerta de hierro, delgada como la primera y muy alta, llevaba a una habitación bastante amplia, cuyas paredes eran de piedras gigantescas, tan finamente ensambladas entre sí que mostraban una superficie prácticamente lisa al tocarla. Se tenía la sensación de que estas paredes fueron pulidas alguna vez. En el lado opuesto, tan lisa como las paredes, había otra puerta de hierro, ancha y poco elevada. Allí se notaba un poco más de luz, gracias a la abertura realizada en la parte superior, que daba hacia afuera.

Lady Arabella tomó de su cinturón otra llave pequeña, que usó para abrir la cerradura de un enorme candado. Los grandes cerrojos giraron calladamente y la puerta de hierro se abrió. Afuera, sobre los escalones de piedra, se encontraba Ulanga con la caja de la mangosta sobre el hombro. Lady Arabella se inmovilizó por un instante a un lado de la puerta, y el africano, entendiendo aquel gesto como una invitación, entró sumisamente. No obstante, cuando estuvo adentro, miró alrededor suyo con inquietud.

—Mucha muerte aquí. Por todo lo grande. Muchas muertes. ¡Bien! ¡Sí!

El negro olfateó a su alrededor como si pudiera saborear el olor. La tonalidad y el significado de sus palabras habían sido tan alarmantes que, por instinto, Adam colocó su mano en el revólver que traía consigo y, con el dedo en el gatillo, aguardó tranquilo estar listo para cualquier eventualidad.

El placer que mostraba el negro, en apariencia, tenía una razón de ser. La boca de un pozo abierto que se encontraba prácticamente debajo de sus narices, despedía tal pestilencia que Adam estuvo a punto de vomitar, aunque a lady Arabella no parecía inquietarla. Adam, jamás había sentido un olor similar en toda su existencia. Trató de compararlo con otros olores perjudiciales que había sentido: el drenaje de los hospitales de campaña, los restos de las salas de disección, los mataderos. Ninguno de ellos era parecido, aunque tenía un poco de todos con la suma de la acidez de los desechos químicos y los vapores venenosos de las sentinas de los barcos inundados llenos de miles de ratas ahogadas.

Repentinamente, el negro se percató de la presencia de una tercera persona: Adam Salton. Este sacó una pistola y disparó, fallando por fortuna. Normalmente, Adam era un tirador rápido pero esta vez se había distraído y no estaba preparado. No obstante, era rápido para decidir y no le faltaba coraje. Al instante, los dos hombres se enfrentaron en una lucha y a su lado se abría el negro agujero del pozo, de cuyas recónditas profundidades brotaban aquellos horribles vapores.

Adam y Ulanga llevaban pistola. Lady Arabella no, aunque en teoría, ella era la más ágil de los tres disparando. Pero como tenía un gran deseo de participar en la lucha, lo hizo de otra manera. Avanzando hacia ellos trató de agarrar al africano, pero él logró soltarse de sus manos, por lo que al hacerlo estuvo a punto de caer en el misterioso pozo. Se inclinó hacia atrás para recobrar el equilibrio y, apuntando su arma hacia lady Arabella, disparó. Inconscientemente, Adam saltó sobre el hombre, ambos se agarraron con fuerza y cayeron al borde mismo del pozo.

Ahora, la furia de lady Arabella, totalmente liberada, se dirigía única y exclusivamente contra Ulanga. Con ambas manos extendidas, se acercó a él y lo agarró justamente cuando el cerrojo de la caja se abrió debido a los movimientos que adentro hacía la mangosta. La matadora de cobras se abalanzó sobre ella con una mortífera furia imposible de narrar. Mientras el animal trataba de morderle la garganta, lady Arabella lo tomó entre sus manos y, con una furia aún mayor, lo rompió en dos como si se tratara de un pedazo de papel. La fuerza necesaria para hacer eso debió haber sido monstruosa. De inmediato, lanzó al agujero del pozo los trozos de la mangosta y sin dejar pasar un segundo, lady Arabella abrazó a Ulanga rodeándolo con sus blancos brazos, y de un veloz empujón lo lanzó por la honda abertura.

Adam pudo ver una mezcla de luces verdes y rojas que resplandecían en un remolino que bajaba por el pozo y, después, un par de ardientes ojos verdes que miraban fijamente. Luego los vio caer con aterradora rapidez y desaparecer, lanzando hacia arriba una luminosidad verde cada vez más intensa. Cuando la luz desapareció en las pestilentes profundidades del pozo, se escuchó un chillido que congeló la sangre de Adam. Era el lamento de una extendida agonía de angustia y pánico que parecía no tener fin.

Adam Salton percibió que nunca podría olvidar aquellos terribles momentos: las sombras que rodeaban ese espantoso y misterioso pozo que parecía alcanzar las mismísimas entrañas de la tierra, desde donde surgían visiones y sonidos del más agobiante de los infiernos. La aterradora suerte del africano que caía hacia su horrible destino, su negro rostro transformado en gris por el terror, con los ojos inflamados de sangre y girando sin control por la extrema dimensión del miedo. La extraña luz verde era ella misma un *milieu* de terror. Y, además, estaba el espantoso grito surgido del insondable pozo, cuya boca de entrada estaba salpicada con manchas de sangre fresca. Hasta la muerte de la pequeña y valerosa matadora de serpientes —tan brutal y horrenda, que no parecía causada por seres que habitan sobre la faz de la tierra, sino por los mismos demonios del pozo— fue solo un accidente. Adam se hallaba en un estado de alteración mental sin comparación, en toda su experiencia de vida, por lo que trató de huir de aquel aciago lugar. La terrible luz verde que subía del tenebroso pozo desaparecía poco a poco, como si su origen se hundiera muy profundamente en el fango original. Por lo que las tinieblas se cerrarían de nuevo sobre él con agotadora densidad. ¡Oscuridad en un sitio como aquel y con una memoria reciente de tan horribles sucesos!

Adam Salton se lanzó violentamente hacia delante. En los escalones se resbaló sobre una masa adherente de olor acre y, cayendo de frente, halló el camino a la estancia interior donde no había pozo.

Entonces, frotándose los ojos sin poder dar crédito a lo que veía. Frente a él, en lo alto de los escalones de piedra que llevaban hacia la delgada puerta por la que había entrado, se deslizaba vestida de blanco la figura de lady Arabella, sobre quien resaltaban las manchas de sangre en su cara, manos y garganta. Aparte de eso la dama se encontraba tranquila y sosegada, como en el momento antes de la tragedia cuando se separó de él para cruzar a través de la delgada puerta de hierro.

XIX. Un enemigo en la oscuridad

Adam Salton decidió caminar un rato antes de volver a *Lesser Hill*. Creía que era lo mejor, no solo para tranquilizar sus nervios alterados por el espantoso suceso, sino para poder ordenar sus pensamientos antes de contarle todo lo ocurrido a *sir* Nathaniel. Se sentía un poco avergonzado frente a su tío, pues todo había cambiado tanto desde su llegada que no era capaz de imaginar la reacción del viejo caballero cuando se enterara, por primera vez, de los raros hechos en que se habían visto involucrados él y *sir* Nathaniel. El viejo Salton se sentiría agraviado por haber sido mantenido al margen de aquellos acontecimientos los cuales estaban vinculados, mayormente, a personas de su propia casa. Adam sintió un profundo alivio cuando supo que su tío había enviado un telegrama al ama de llaves informando que por motivo de negocios se quedaría en Walsall, donde pasaría la noche, y que regresaría a la hora del almuerzo del día siguiente.

Cuando entró en la casa después del paseo, Adam encontró que *sir* Nathaniel estaba preparándose para ir a dormir. No le comentó nada de lo sucedido, limitándose a establecer un encuentro con él para el día siguiente, ya que tenía mucho que decirle y necesitaba toda su atención.

Por raro que pueda parecer, Adam durmió bien y despertó al amanecer con su mente despejada y los nervios templados, como era habitual en él. La doncella le entregó, con su primera taza de té, una nota que había hallado en el buzón de la correspondencia. Era de lady Arabella, y por supuesto, pretendía advertirle con relación a lo que debía decir sobre la noche anterior. Leyó la nota varias veces, hasta estar seguro de no haberse saltado ningún detalle. La carta decía así:

Estimado Señor Salton,

No puedo ir a dormir sin escribirle antes. Me disculpará si lo molesto en un momento poco adecuado. En realidad, tendrá también que perdonarme si, intentando hacer lo que creo razonable, me equivoco al decir más (o menos) de lo necesario. El hecho es que me encuentro profundamente alterada y sorprendida por todo lo que ocurrió en esta terrible noche. Incluso tengo problemas para escribir, mis manos tiemblan de tal modo que no puedo controlarlas, y aún tiemblo al recordar los horrores que se desarrollaron frente a nuestros ojos. Me apena, a más no poder, haber sido una de las razones, aunque vagamente, de este espantoso horror que se le ha venido encima. Perdóneme si puede y no piense, en extremo, mal de mí. Le pido esto con confianza, porque después de haber compartido los riesgos —e inclusive la agonía— de la muerte, creo que deberíamos ser más que simples amigos, y que puedo apoyarme y confiar en usted con la certeza de que su amabilidad y su piedad están de mi lado. Déjeme agradecerle su amistad, su ayuda, su confianza y el indiscutible auxilio que ha sabido brindarme en ese momento de peligro y mortífero terror. Ese cruel hombre habitará para siempre mis pesadillas. Su espantoso y negro rostro me quitará cualquier recuerdo de alegría y felicidad. Por siempre observaré sus ojos infernales cuando él mismo se lanzó al pozo, en el vano intento de escapar de las consecuencias de su maldad absoluta. Mientras más pienso en esa situación, más me convenzo de que lo había planeado todo, salvo, por supuesto, su espantosa muerte.

Quizás usted se haya dado cuenta de ese cuello de piel que suelo usar a veces. Uno de mis más amados tesoros: un cuello de piel de armiño adornado de esmeraldas. Con frecuencia pude observar cómo se iluminaban, ambiciosamente, los ojos de ese negro al verlo. Por desgracia, ayer lo llevaba puesto y pudo haber sido la razón que llevó a ese pobre hombre a tal locura. En la misma orilla del pozo lo arrancó de mi cuello y eso es lo último que recuerdo de él. Cuando cayó en el agujero, yo me dirigía hacia la puerta de hierro que cerré a mis espaldas. Al oír aquel espantoso grito, con el que fue dibujando su caída en el abismo, me alegré más de lo que podría decirle, de que mis ojos evitaran la angustia y el espanto que mis oídos tuvieron que sufrir.

Cuando logré librarme de la embestida de aquel negro en el momento en que caía en el pozo, pude reconocer el significado de la palabra libertad. ¡Libertad! ¡Libertad! No solo de esa pavorosa casa-prisión, que quedará grabada en mi memoria, sino del más funesto abrazo de aquel asqueroso monstruo. Mientras viva, le estaré siempre agradecida por mi libertad. A veces, una mujer debe mostrar su gratitud. De otra forma se hace demasiado complejo soportarla. No soy una joven sentimental que cándidamente le gusta agradecer a los hombres, soy una mujer que ha conocido todo el bien y el mal que la vida puede mostrar. Sé lo que significa amar y perder al ser amado. Pero no debe dejarme *que lleve infelicidad a su vida. Es preciso que siga como hasta ahora, viviendo sola y soportando, aparte de otras desdichas, la memoria de este último agravio y horror. Por ahora, dejaré "La arboleda de Diana" tan rápido como pueda. Temprano, partiré a Londres, donde pienso permanecer una semana. No puedo quedarme por más tiempo ya que mis asuntos necesitan de mi presencia aquí. Sin embargo, creo que una semana rodeada del alboroto de la bulliciosa Londres, rodeada de infinidad de gente normal, me ayudará a difuminar —no puedo esperar un total olvido— las terribles imágenes de esta noche pasada. Cuando logre conciliar el sueño fácilmente, que espero será dentro de uno o dos días, me hallaré en condiciones de volver a casa y tolerar la carga que, me imagino, nunca me abandonará.*

Me gustaría mucho verlo a mi regreso, inclusive antes, si mi buena suerte lo envía para un recado a Londres. Me instalaré en el Hotel Mayfair. *En ese palpitante lugar lograremos olvidar algunos de los peligros y espantos que acabamos de compartir.* Adieu *y mil gracias, por su piedad y respeto hacia mí.*

Arabella March

Adam quedó estupefacto con tan efusiva carta, pero decidió no mencionarle nada a *sir* Nathaniel hasta haber pensado más sobre ella. Cuando durante el desayuno, Adam volvió a encontrarse con él, se alegró de haberse tomado el tiempo para ordenar las cosas en su mente. Ahora, no solo se había acostumbrado a los hechos en cada uno de sus múltiples aspectos, sino que se había alejado tanto de ellos que podía disponerlos de acuerdo a su importancia relativa dentro de su cerebro. Comieron en silencio, sin que nada alterara el fluir de sus pensamientos.

Pero, apenas se cerró la puerta del estudio de Adam, *sir* Nathaniel dijo:

—Adam, puedo darme cuenta de que ha ocurrido algo nuevo y de que usted tiene muchas cosas que contarme.

—Tiene razón, señor. Pienso que será mejor que comience a narrarle todo lo que sé y todo lo que ha ocurrido desde que lo dejé ayer.

Acto seguido, Adam le informó los detalles de todo lo que había ocurrido durante la noche anterior. Estrictamente, se limitó a los hechos concisos, teniendo mucho cuidado de no adornarlos con consideraciones personales ni juicios sobre lo que podían significar aquellas situaciones que aún le eran incomprensibles. Al comienzo, *sir* Nathaniel parecía tener la intención a hacer algunas preguntas pero, después, abandonó la idea cuando se dio cuenta de que aquella narración era escueta y elocuente. Por lo que se conformó con algunas miradas, de fácil interpretación o ciertos gestos de aprobación con sus manos cuando venían a cuento, para hacer hincapié en que aprobaba sus razonamientos. Hasta el momento en que Adam terminó de hablar, justo al finalizar de narrar su parte de la historia, *sir* Nathaniel no hizo el menor comentario. Incluso, cuando Adam extrajo de su bolsillo —con manifiesta intención de leerla— la carta de lady Arabella, el viejo permaneció en silencio.

Solo cuando Adam volvió a doblar la carta, la colocó dentro del sobre y la guardó en su bolsillo como una señal de que había terminado su exposición, el anciano diplomático tomó unas notas en su agenda con sumo cuidado.

— Mi querido Adam, su narración es admirable. Creo que ahora sí podemos preciarnos de estar bien documentados sobre los hechos y nuestra conversación deberá tomar la forma de un formal intercambio de ideas. Debemos plantearnos las preguntas de acuerdo a cómo se vayan presentando y no me cabe duda de que lograremos conclusiones sorprendentes.

—¿Señor, podría tener la amabilidad de comenzar? Estoy convencido de que su experiencia nos ayudará a disolver la bruma que cubre muchos de los eventos que debemos considerar.

—Eso espero, querido joven. Para comenzar, pues, déjeme mencionar que la misiva de lady Arabella, no solo revela algunos detalles de lo que ella ambiciona, sino también algunos de los que desea evitar. Sin embargo, antes de comenzar mis suposiciones, permítame que le haga un par de preguntas: Adam, ¿es usted sincero, totalmente sincero, en lo referente a lady Arabella?

El joven respondió de inmediato, mirando directamente a los ojos de su interlocutor durante la pregunta y la respuesta.

—Señor, Lady Arabella es una mujer encantadora y creo que es un privilegio el poder encontrarme con ella, conversar —y ya que me encuentro en el confesionario— hasta cortejarla un poco. Pero si usted desea saber si mis tendencias afectivas están comprometidas con ella de algún modo, puedo responderle enfáticamente que no, como podrá darse cuenta después que le revele la razón. Aparte de eso, están los desagradables pormenores que discutimos anteriormente.

—¿Puede usted decirme esa razón ahora mismo? Nos permitirá entender algunos de los problemas con los que nos enfrentamos.

—Claro que sí, señor. La razón que tengo es que amo a otra mujer.

—Eso lo aclara todo definitivamente. Quiero brindarle mis mejores deseos y si es posible mis felicitaciones.

—*Sir* Nathaniel, sus deseos me complacen y los agradezco. Pero aún es demasiado pronto para felicitaciones, ni siquiera la dama sabe aún mis intenciones. La verdad es que yo mismo no estaba seguro hasta este instante.

—Espero, Adam, que en su debido momento me deje usted saber el nombre de la dama.

Adam sonrió discretamente, con una dulzura que mostraba los latidos de un corazón feliz.

—No tenemos que esperar ni una hora ni un minuto. Me gustará compartir mi secreto con usted. Felizmente, la joven a la que amo y en la que he depositado todos mis sueños de felicidad para el resto de mi vida es Mimi Watford.

—En ese caso, mi querido Adam, no tengo que esperar ni un segundo para ofrecerle mis felicitaciones. Ella es, realmente, una joven encantadora y no creo haber conocido nunca una dama que reuniera de manera tan equilibrada un carácter fuerte y un dulce temperamento. De todo corazón, lo felicito. Entonces, ¿puedo asumir que mi pregunta tiene una respuesta afirmativa?

—Así es. Y ahora, señor, ¿puedo preguntarle yo, el porqué de esa pregunta?

—¡Claro! Le pregunté sobre sus sentimientos hacia lady Arabella porque pensé que estábamos llegando a un punto en que ciertas preguntas podían ser dolorosas para usted.

—No solo amo a Mimi, sino que tengo serios motivos para ver a lady Arabella como su enemiga —continuó Adam.

—¿Su enemiga?

—En efecto. Una enemiga cruel y sin escrúpulos, con deseos de destruirla.

Sir Nathaniel se dirigió hacia la puerta, se asomó hacia afuera y volvió a cerrarla tras él.

XX. METABOLISMO

—¿Parezco preocupado? —preguntó *sir* Nathaniel sin que realmente viniera al caso, cuando entró de nuevo en la habitación.

—Es evidente que lo está.

—En un comienzo, no creímos que nos veríamos arrastrados algún día por semejante torbellino. Hasta el momento estamos vinculados a un robo y es muy probable que a un asesinato. Pero lo que es mil veces peor que todos los crímenes del mundo es nuestra vinculación con este espantoso misterio que no tiene ni comienzo ni fin, y que está plagado de seres desconcertantes que pertenecen a una era en el que el mundo era distinto al que conocemos actualmente. Hemos vuelto al origen de la superstición, a la época en la que los dragones se desmembraban entre sí en su propio fango. No podemos descartar ninguna conclusión, por increíble o improbable que sea. De nuestro buen razonamiento depende la vida o la muerte, no solamente la nuestra, sino también aquella de quienes amamos. No olvide que cuento con usted, así como espero que usted también cuente conmigo.

—Lo haré, con toda confianza.

—Pues —dijo *sir* Nathaniel—, permitamos que nuestros pensamientos fluyan con firmeza y osadía, y no tengamos miedo a nada por más espantoso que pueda lucir. ¿Puedo tomar como precisa, hasta en los más pequeños detalles, su narración sobre los extraños sucesos que ocurrieron mientras estuvo en "La arboleda de Diana"?

—Hasta donde puedo alcanzar, sí. Claro que puedo haberme equivocado al reconstruir alguno que otro detalle, pero tengo la seguridad de que en conjunto, todo lo que le he referido es apegado a los hechos.

—¿Está usted seguro de haber observado que lady Arabella tomaba al hombre negro por el cuello y que lo arrastraba con ella hacia el pozo?

—Totalmente seguro, señor, de otra forma, habría ido en su auxilio.

—Entonces tenemos un testimonio de lo ocurrido, que viene de un testigo ocular en cuya veracidad creemos. Y ese es usted. Pero además tenemos otra versión, escrita por lady Arabella de su propio puño y letra. Ambos testimonios no coinciden. Por lo que podemos concluir que uno de los dos está mintiendo.

—Aparentemente.

—¡Y que lady Arabella es la mentirosa!

—Así es, porque yo no le he mentido.

—Por consiguiente, debemos hallar un motivo para su mentira. Ya no tiene nada que temer de Ulanga, porque está muerto. Así que el deseo de convencer a otra persona de su inocencia será la principal razón que puede motivarla. Esa otra persona no es usted, ya que lo vio todo con sus propios ojos y como no estaba presente nadie más, se trata por supuesto de alguna persona ausente.

—Señor, eso es indiscutible.

—Solo hay alguien frente a quien ella quisiera mantener una buena imagen: Edgar Caswall. Él es la única persona que cumple los requisitos. Aunque la mentira de lady Arabella se orienta en otras direcciones, aparte del fallecimiento del africano. Está claro que intenta que la caída del negro en el pozo sea entendida como un accidente causado por la propia víctima. No creo que quiera convencerlo a usted, que fue testigo presencial de lo ocurrido. Pero si luego quisiera narrar la historia, sería muy apropiado de su parte lograr de usted que la confirme.

—¡Esa es la razón!

—Además, hay otras calumnias. Por ejemplo, lo del cuello de piel de armiño decorado con esmeraldas. Si hay un motivo que explique este segundo engaño, será el quitarle relevancia a las luces verdes que brillaban en la habitación subterránea y, especialmente, dentro del pozo. Cualquier persona ecuánime admitiría que esas luces verdes serían los ojos de una colosal serpiente como la que, de acuerdo con la tradición, habita en el pozo. En otras palabras, lady Arabella desea desmentir la creencia general de que existe tal serpiente en "La arboleda de Diana". Por mi lado, no suelo creer en los mentirosos a medias. Con ese oficio no valen las medias tintas, el mentiroso miente hasta el último momento. El egoísmo puede motivar a caer en muchas falsedades, pero si se comprueba que alguien es mentiroso, ninguna cosa que diga será creída nunca más. Esto nos hace concluir que si ella señala o sugiere que no hay ninguna serpiente tendremos que buscarla y, además, encontrarla.

—En este momento —siguió *sir* Nathaniel— voy a hacer una suposición. Vivo y he vivido durante muchísimos años, en Derbyshire, un territorio famoso por sus cuevas, más que ningún otro en toda Inglaterra. Las he conocido todas y he investigado cada uno de sus laberintos, igualmente, he conocido otras cuevas en Kentucky, Francia, Alemania y un sinfín de otros lugares. En la gran mayoría de estos sitios hay cavernas subterráneas de insospechada profundidad con aberturas estrechas, de intenso interés para aquellos exploradores atrevidos que bajan por sus angostas gargantas de profundidad abismal, quienes a veces no regresan. Estoy seguro de que, en muchas cavernas del Peak, muchos de los pasadizos más angostos fueron usados antiguamente como madrigueras de algunas grandes serpientes que nos mencionan las leyendas y la tradición. Dichas cavernas deben haberse creado por los procesos geológicos naturales de contracción y solidificación de la corteza terrestre y después fueron usadas por las colosales criaturas del nuevo mundo. Por supuesto, es muy probable que muchas de ellas estuvieran inundadas por las aguas originariamente. Y con el transcurrir del tiempo se transformaron en lugares adecuados para la supervivencia de dichos monstruos.

»Esto nos lleva hacia otro punto —continuó el anciano—, más difícil de reconocer y entender que ningún otro, porque responde a una opinión no aceptada normalmente y tampoco registrada con certeza. Estoy hablando de la posibilidad de que estas formas de vida hayan podido transformar su naturaleza por razón de su desmedido crecimiento. Llegará el día en que el estudio del metabolismo habrá avanzado de tal manera que nos permitirá aceptar la idea del cambio de estructura causado por fuerzas intelectuales o morales. Entonces, podemos deducir que una extraordinaria fuerza animal es capaz de proporcionar una base sólida para cualquier tipo de mutaciones. Y si esto es de esta manera, ¿quién sería más adecuado que estos primigenios monstruos, cuya fuerza colosal les ha permitido perpetuarse durante miles de años? Todavía desconocemos si el cerebro puede aumentar y desarrollarse de forma independiente de las otras partes de la estructura de los seres vivos.

»Es por ello —insistió *sir* Nathaniel— que la antigua creencia de que la piedra filosofal era capaz de transmutar los metales, tiene su contrapartida en la reconocida teoría del metabolismo que modifica los tejidos vivos. En una era de investigaciones como la actual, cuando regresamos a la ciencia como el punto de origen de algunos fenómenos, casi verdaderos milagros, sería un atraso no querer aceptar los hechos, aunque puedan parecer imposibles.

»Vamos a imaginar —agregó el anciano— un monstruo de las nacientes eras de la tierra, un dragón prehistórico cuya inmensa edad cubriera miles de años al que de algún modo, que ahora no viene al caso, se le hubiera otorgado un cerebro dotado para empezar a crecer. Imaginemos que el monstruo fuera de un tamaño incalculable y de una fuerza absolutamente fuera de lo normal, una verdadera representación de la potencia animal. Supongamos, de igual manera, que dicho monstruo se hubiera mantenido escondido en algún sitio donde no hubiera peligros que amenazaran su desarrollo. ¿No sería factible pensar que esta criatura, con el transcurrir de cientos e incluso miles de años, hubiera logrado desarrollar su inteligencia primaria? No es algo imposible ya que simplemente se trata del proceso normal de evolución. En los inicios, el instinto de los animales estaba limitado a su alimentación, a la autoprotección y a la multiplicación de su especie, pero en el transcurso del tiempo, las necesidades de la vida se han vuelto cada vez más complejas y la fuerza se impone frente a la necesidad. Durante infinidad de tiempo nos hemos acostumbrado a imaginar, de manera casi exclusiva, el desarrollo aplicado al tamaño en sus diversos aspectos. Pero la naturaleza, que no está condicionada por pensamientos doctrinarios puede aplicarlo, igualmente, a la concentración. Cualquier ser vivo en fase de desarrollo puede crecer en cualquier magnitud o forma dada. Actualmente, ya se reconoce científicamente que el crecimiento acarrea beneficios, de igual forma que pérdidas, de diferente consideración y lo que se logra en un sentido se puede perder en otro. ¿No cree posible, en efecto, que la Madre Naturaleza intencionadamente estimule tanto el cese como el crecimiento y haga positivo el axioma de que lo que se pierde en tamaño se gana en concentración? Por ejemplo, si analizamos los monstruos que la tradición ha reconocido y delimitado, como el gusano de Lambton o el de Spindleston Heugh. Si tales seres, por su proceso de metabolismo propio, hubiesen transformado gran parte de su volumen a favor de un mayor desarrollo intelectual, nos hallaríamos frente a un tipo de criaturas, tal vez más peligrosas que todo lo que se conoce en el planeta. Una fuerza con capacidad de pensamiento, sin alma, sin moral y, por tanto, completamente irresponsable. Las víboras serían una buena representación de este tipo de monstruo inteligente, debido a su sangre fría que las mantiene alejadas de las tentaciones que a menudo restringen y hacen débiles a las criaturas de sangre caliente. Imaginemos, por ejemplo, que el gusano de Lambton —si es que de verdad existió— hubiera sido orientado, en beneficio propio, por una inteligencia privilegiada capaz de desarrollarse. ¿Qué tipo de criatura podríamos vislumbrar que la igualara en sus terribles aptitudes? Porque un ser como ese podría destruir un país entero. Pero todas estas preguntas necesitan mucho análisis si queremos aplicar su conocimiento a favor nuestro y obtener conclusiones exactas. ¿No sería más provechoso que volviéramos a hablar sobre este tema más tarde, a lo largo del día?

—Estoy totalmente de acuerdo con usted, *sir* Nathaniel. Siento que la cabeza me está dando vueltas y quisiera poder captar con mayor atención todo lo que usted está señalando, así mismo, hacer todo lo posible para entenderlo.

Ambos caballeros parecían más despejados y animados para lo "fácil" y, cuando se encontraron de nuevo, cada uno de ellos tenía algo que añadir a la base común de datos que habían ido reuniendo. Adam, que por su carácter tenía un ánimo mucho más agresivo que el de su anciano amigo, se alegró al darse cuenta que la conversación finalmente tomaba una dirección más práctica. *Sir* Nathaniel se percató de ello y, como experimentado diplomático, orientó la charla hacia objetivos inmediatos.

—Adam, dígame, ¿qué conclusiones ha sacado usted de nuestro diálogo?

—Que todos los conflictos ya están asumiendo un carácter práctico y que estos acarrean peligros que no imaginé en un principio.

—¿Cuál es ese carácter práctico y cuáles son los peligros? Entiéndame bien, no estoy planteando una discusión sino tratando de aclarar mis propias ideas con relación a las suyas.

Adam continuó:

—Antiguamente, cuando se vivían los primeros días sobre la tierra, existieron monstruos de tales dimensiones que lograron existir durante miles de años. Muchos de ellos, es posible, que hayan logrado sobrevivir hasta la era cristiana y que en el transcurso de sus rezagadas vidas hayan podido ensanchar su inteligencia. Ciertamente, si hubieran evolucionado de alguna forma o hubieran logrado la más rudimentaria forma de inteligencia, hoy serían los seres más peligrosos que jamás hayan existido en el planeta. La tradición señala que uno de estos monstruos, que habitó en los pantanos del este, se escondió en una caverna subterránea de "La arboleda de Diana", llamada también "La madriguera del gusano blanco". Estas criaturas han podido menguar su cuerpo al tiempo que se desarrollaba su cerebro. Han podido, incluso, transformarse en seres humanos o algo similar. Por ejemplo, Lady Arabella March posee naturaleza de víbora. De acuerdo con nuestra información, ha cometido crímenes. Mantiene algo de la brutal fuerza de su ser primitivo, puede ver en la oscuridad y tiene ojos de serpiente. Derrotó al negro y después lo arrastró hasta el pozo de la serpiente lanzándolo a un pantano subterráneo. Está consagrada al mal y odia a una persona que amamos. En conclusión...

—Dígame, ¿qué ha concluido?

—En primer lugar, que Mimi Watford debe ser alejada de esta zona de inmediato, luego...

—¿Sí?

—¡El monstruo debe ser exterminado!

—¡Muy bien! Es una conclusión franca y valiente. Debe realizarse, no importa a qué precio.

—¿De inmediato?

—A todos los efectos, lo antes posible. La sola existencia de ese ser ya es un riesgo y su presencia en este territorio es una amenaza permanente.

Mientras decía esto, la expresión de *sir* Nathaniel se endureció y frunció el ceño hasta unir sus cejas. No cabía duda de que aceptaba dicha conclusión y estaba dispuesto a colaborar para llevarla a cabo. Pero, era un hombre con mucha experiencia y una sólida comprensión de las leyes y la diplomacia. Pensaba que su obligación era evitar que sucediera algo irremediable hasta haber tenido en cuenta ciertos factores y hallarse preparados. Varios asuntos de tipo legal debían ser considerados. No solo el tema de quitarle la vida a alguien, aun cuando fuera un ser monstruoso con figura humana, sino también lo referente a la propiedad. Lady Arabella, fuera mujer, serpiente o demonio, era la dueña legal de las tierras por donde solía desplazarse y la ley británica es estricta y rápida para sancionar los errores cometidos dentro de su país.

—Tales problemas deben ser evitados, por el bien del señor Salton, el suyo, Adam, y sobre todo, el de Mimi Watford.

Antes de volver a mencionar palabra, sir Nathaniel había decidido dentro de sí hacer todo lo posible por postergar una acción concluyente, hasta que los hechos de los cuales dependían —y que después de todo eran solo problemas— hubieran sido satisfactoriamente evaluados de una forma u otra. Cuando por fin habló, Adam pensó al principio que el caballero dudaba en su intención o que temía el compromiso. No obstante, su respeto por *sir* Nathaniel era tal, que no quiso hacer nada, ni siquiera sacar una conclusión sobre nada que fuera fundamental, sin su aprobación.

Por lo que se acercó al anciano y le dijo al oído:

—Después de haber aclarado alguno de los aspectos más inquietantes del problema, prepararemos nuestro plan de ataque y destrucción de la terrible amenaza. Pero mientras, debemos aguardar a que llegue la noche... Estoy oyendo los pasos de mi tío caminando en el vestíbulo.

Sir Nathaniel señaló su aprobación inclinando su cabeza.

XXI. La luz verde

Ya en la noche, después de que el anciano señor Salton se retirara a sus habitaciones, Adam y *sir* Nathaniel volvieron al estudio. La tranquilidad que en ese momento envolvía a *Lesser Hill* les aseguraba que no habría obstáculos en su conversación.

Después de que ambos hombres encendieran sus cigarros, *sir* Nathaniel empezó:

—Adam, espero que no crea que soy apático o poco constante en mis propósitos. Quiero llevar este proyecto hasta el fin por más desagradable que pueda ser. Le aseguro que mi primer propósito es, y será, el resguardo de Mimi Watford. He puesto mi palabra en ello. Mi querido joven, todos los que estamos involucrados en este tema nos enfrentamos con el mismo riesgo. Ese ser semihumano, que salió de su madriguera, nos odia y tiene deseos de destruirnos a todos. A usted, a mí con toda seguridad y muy posiblemente a su tío. Quería conversar con usted, particularmente esta noche, porque he llegado a la conclusión de que se está acercando el momento —si es que no llegó ya— en que debemos demostrar nuestra confianza en su tío. Era diferente cuando los problemas que nos acechaban parecían imaginarios, pero ahora, tanto él como nosotros, es muy probable que estemos amenazados de muerte y es necesario que él lo sepa todo.

—Estoy de acuerdo, señor. Los hechos han cambiado mucho desde que decidimos mantenerlo al margen del problema. En este momento es algo arriesgado. Nuestra consideración hacia sus emociones podría costarle la vida. El nuestro es un deber nada fácil ni agradable y no me cabe la menor duda de que él querrá sumar sus fuerzas a las nuestras en este proyecto. Pero no olvidemos que somos sus invitados y tenemos que preocuparnos por cuidar su buen nombre y su decencia tanto como su seguridad.

—Será como usted diga, Adam. Pero, entonces, ¿qué vamos a hacer? No podemos llegar de improviso a matar a lady Arabella. Quiero decir, que tenemos que planificar todos los hechos, de tal modo que no nos acusen del asesinato.

—Señor, creo que estamos en una situación fuertemente complicada. Nuestro primer problema es saber por dónde comenzar. Nunca hubiera creído que combatir a un ser prehistórico fuera un trabajo tan complejo. En esta oportunidad nos enfrentaremos a una mujer, que posee todo el ingenio de su sexo, unido a toda la insensibilidad de una *cocotte*. Goza de la fortaleza y de la inexpugnabilidad de un diplodocus. Con toda seguridad, nos espera una batalla en la que no habrá ninguna clase de juego limpio. Además, nuestra poco temerosa adversaria no se descubrirá a sí misma.

—Ciertamente, pero, al tratarse de una mujer, es muy probable que quiera aventurarse más allá de su fortaleza. Adam, se me hace evidente que al tener la obligación de cuidar a otras personas y también a nosotros mismos, nuestra jugada más hábil será la de enfrentar su femineidad a nuestra propia masculinidad. Sin embargo, ahora lo mejor será ir a dormir. Lady Arabella es un ser de la noche y tal vez la noche nos brinde alguna solución.

Los dos hombres se retiraron a dormir.

Adam tocó la puerta de *sir* Nathaniel con las primeras luces de la madrugada, y cuando fue invitado entró en la habitación. Tenía varias cartas en la mano. *Sir* Nathaniel se sentó en su cama.

—¿Dígame, muchacho?

—Quisiera leerle estas cartas que, por supuesto, no enviaré por correo a menos que usted esté de acuerdo. Es más —y al decir estas palabras se rio y se sonrojó— hay otras cosas que deseo hacer, pero reprimiré mi mano y mi lengua hasta que usted me dé su aprobación.

—Continúe —dijo el caballero con amabilidad—. Dígame todo y cuente con mi aprobación y mi ayuda, también con mi apoyo, si puedo darle la ayuda adecuada.

Adam continuó en consecuencia:

—Cuando le mencioné las conclusiones a las que había llegado, en primer lugar, señalé que Mimi debía ser alejada de aquí por su propia seguridad y que el monstruo, causa de cualquier posible daño, debía ser destruido.

—Sí, así es.

—Para poder llevarlo a cabo es necesario dar un primer paso con la intención de evitar problemas de otro tipo. Mimi debería tener un protector a quien todas las personas reconocieran como tal. Y la única forma de protección reconocida por las normas sociales es el matrimonio.

Sir Nathaniel sonrió con expresión paternal.

—Y para que haya matrimonio, se necesita un esposo y ese esposo podría ser usted.

—Sí, sí, sí.

—Dicho matrimonio, entonces, tendría que ser de inmediato y en secreto. O al menos, no debería ser conocido fuera de nuestro grupo más íntimo. ¿Usted cree que la joven estará a gusto con semejante procedimiento?

—No lo sé.

—Entonces, ¿cómo actuaremos?

—Me imagino que cualquiera de nosotros podría preguntárselo.

—Adam, ¿esta idea y esta resolución son repentinas?

—La resolución, sí, pero la idea, no. Si ella está de acuerdo, todo irá bien. El resultado es obvio.

—¿Y es necesario que guardemos este secreto entre nosotros?

—Detesto los secretos, señor, pero está en riesgo la seguridad de Mimi. Por mí, quisiera poder gritarlo a los cuatro vientos. Pero creo que debemos ser discretos, si nuestro enemigo se entera de la boda antes de tiempo, podría causarnos daños considerables.

—¿Y qué sugiere usted, Adam, para mantener en secreto este significativo asunto?

Adam volvió a sonrojarse y se agitó algo incómodo.

—Alguien debería proponérselo tan rápido como sea posible.

—¿Quién?

—Creo que usted sería el más indicado, *sir*.

—¡Dios se apiade de mi alma! ¡Usted pone un nuevo deber frente a mí! ¡Y a mi edad! Adam, usted sabe que cuenta con mi ayuda, en la medida de mis posibilidades.

—Ya contaba con usted, cuando me atreví a hacerle tal sugerencia. Lo único que quiero pedirle —completó Adam— es que sea aún más gentil conmigo… con nosotros y piense en este penoso deber como una concesión gratuita e intencional de su parte, motivada por la bondad y el afecto.

—¿Penoso deber…?

—Así es —dijo Adam con audacia—. Es penoso para usted, pero para mí, será una alegría extraordinaria.

—¡Qué tarea tan inusual a estas horas tan tempranas de la mañana! Pues, experimentemos la aventura y aprendamos de ella. Pienso que cuanto antes se realice será mejor. Usted debería escribir unas líneas que llevaré conmigo. Porque, como puede notar, esta es una situación muy poco habitual que podría resultar incómoda para la joven y hasta para mí. Por eso creo conveniente que tengamos algún tipo de garantía, algo que demuestre nuestro respeto a sus sentimientos. No debemos dar por sentado su aprobación, aunque lo hagamos por su bien.

—*Sir* Nathaniel, usted es un verdadero amigo. Le doy mi palabra de que tanto Mimi como yo le estaremos agradecidos toda nuestra vida, por muy extensa que sea.

Así, ambos hombres conversaron y se pusieron de acuerdo en los detalles que debía considerar el embajador. Cuando el reloj marcó las diez, *sir* Nathaniel salió de la casa mientras Adam, en silencio, observaba su partida. Durante el tiempo que el joven lo siguió con ojos melancólicos, casi envidioso del honor que iba a brindarle aquella bondadosa acción, sentía que su propio corazón se agitaba en el interior del pecho de su amigo.

La memoria de esa mañana fue como un sueño para todos los implicados en el asunto. *Sir* Nathaniel no guardaba más que un vago recuerdo de los pormenores de lo que sucedió, aunque los hechos principales se mantenían en su memoria con claridad y firmeza. Los recuerdos de Adam Salton estaban formados por una interminable espera, llena de inquietud, esperanza y aflicción, todo ello determinado por el sentimiento de lentitud con que transcurría el tiempo y acompañado, además, de ciertos temores. Por muchísimo tiempo, Mimi no fue capaz de recordar absolutamente nada, salvo que Adam la amaba y la había rescatado de un espantoso peligro. Luego, cuando pudo reflexionar, le pareció increíble haber desconocido el hecho de que Adam la amaba y que ella también lo amaba a él con todo su corazón. Cada recuerdo, por pequeño que fuera, cada emoción, todo parecía encajar en aquellos hechos primordiales, como si hubiesen sido forjados al mismo tiempo. El recuerdo principal de Mimi era el momento cuando despidió a *sir* Nathaniel, al que le entregó mensajes amorosos, salidos de su corazón, para Adam, y su extravagante conducta cuando, arrastrada por un impulso que no pudo controlar, puso sus labios sobre el anciano y lo besó. Después, cuando se encontró sola y tuvo más tiempo para pensar, sintió una ligera tristeza al verse forzada, por el momento, a esconderle a Lilla los maravillosos resultados de esta inusual misión.

Claro que había estado de acuerdo con mantener el secreto hasta que Adam le permitiera hablar.

Las recomendaciones y el apoyo de *sir* Nathaniel fueron de inmensa ayuda para Adam cuando ejecutó su plan de contraer matrimonio secretamente con Mimi Watford. El anciano lo acompañó a Londres y, gracias a su influencia, el joven logró el permiso del arzobispo de Canterbury para contraer matrimonio en secreto. Acto seguido, el mismo *sir* Nathaniel convenció al viejo señor Salton para que dejara que su sobrino pernoctara unos cuantos días en *Doom Tower* y en ese lugar Mimi se convirtió en la esposa de Adam. Pero este era solo el primer paso de su proyecto antes de continuar adelante, no obstante, Adam trasladó a su esposa hasta la isla de Man. Su intención era poner una franja de mar entre Mimi y el gusano blanco mientras aquellos hechos tomaban forma. *Sir* Nathaniel fue a esperarlos a su regreso y los llevó de nuevo a *Doom Tower*, poniendo mucha atención en que nadie se enterara de su llegada.

Sir Nathaniel había tenido el cuidado de mantener escrupulosamente cerradas todas las ventanas y puertas, salvo la que les servía de entrada. Y aunque las contraventanas también estaban cerradas y las persianas abajo, unas gruesas cortinas colgaban detrás de cada una de ellas. Adam hizo ciertos comentarios sobre estas precauciones, ante lo cual *sir* Nathaniel respondió en voz baja:

—Espere a que nos encontremos solos y le explicaré el motivo de todo esto. Por ahora no diga ni una palabra ni haga ningún gesto. Cuando se entere de lo que tengo que decirle, usted mismo estará de acuerdo.

No se volvió a mencionar el tema hasta después de cenar, cuando ambos hombres se confinaron en el estudio de *sir* Nathaniel, que se hallaba en el piso de arriba. *Doom Tower* era una estupenda mansión, ubicada en la cima de una alta colina en el Peak. Desde aquella altura se observaba un amplio paisaje, que se ampliaba desde las colinas sobre el río Ribble hasta un área vecina a la cima del Brow, la cual marcaba el límite por el norte de la antigua Mercia. Su construcción procedía de un viejo período normando y tenía un siglo menos de antigüedad que *Castra Regis*. Las ventanas del estudio estaban cerradas y aseguradas, y cortinas pesadas y gruesas las cubrían por dentro. Del lado exterior de la torre no podía observarse ni un destello.

Cuando se encontraron solos, *sir* Nathaniel le informó a Adam que ya había puesto al tanto del secreto a su tío y viejo amigo, el señor Salton, y que a partir de ahora todos actuarían juntos.

—Es fundamental para usted ser extremadamente cauteloso. A pesar de haber mantenido en secreto su matrimonio, igual que su ausencia temporal, ambos hechos ya son conocidos.

—Pero, ¿cómo? ¿Por quién?

—El cómo lo ignoro, pero estoy empezando a tener una idea.

—¿Por ella? —preguntó Adam, momentáneamente afligido.

—Por el gusano blanco, sí...

Adam se percató de que a partir de ese momento, su amigo no llamaría a lady Arabella sino por ese nombre, a menos que deseara evitar las sospechas de otras personas.

Sir Nathaniel apagó la luz eléctrica y, cuando la habitación se encontró tan oscura como una boca de lobo, se acercó a Adam, lo tomó por una mano y lo guio hasta el sillón frente a la ventana que daba hacia el sur. Luego, corrió un poco la cortina e hizo señales al joven para que se asomara hacia fuera.

Adam lo hizo y retrocedió de inmediato, como si de repente sus ojos hubieran reconocido un peligro apremiante. *Sir* Nathaniel lo tranquilizó diciéndole en voz baja:

—Está bien. Puede hablar, pero hágalo en voz baja. Por ahora no hay peligro.

Adam inclinó su cuerpo hacia delante teniendo cuidado, no obstante, de no apoyar su cara contra el vidrio. En circunstancias normales, aquello que observó no le habría provocado inquietud a nadie. Pero considerando todo lo que sabía, para Adam la visión fue espantosa, a pesar de que aquella noche era tan oscura que era muy poco lo que podía verse en realidad.

Al lado oeste de la torre había un pequeño bosque de viejos árboles. No se hallaban agrupados apretadamente, sino que había bastante distancia entre uno y otro creando un efecto como de hileras desordenadas, y en la copa de los árboles podía notarse una luz verde, similar a la que señala peligro en los cruces de tren. Al principio parecía estar inmóvil, pero luego, cuando los ojos de Adam se habituaron a ella, pudo observar que se movía como si temblara. Esta imagen trajo a su mente el recuerdo de la luz temblorosa que había observado sobre la boca del pozo en la oscura estancia interior de "La arboleda de Diana", y también, el aterrador grito de Ulanga y su espantoso rostro negro, que se tornó gris por el pánico mientras se hundía en las impenetrables sombras de aquel misterioso pozo. Por instinto, llevó su mano hacia el revólver dispuesto a proteger a su esposa. Pero al ver que no ocurría nada, y que la luz y las cercanías de la torre continuaban sin cambios, corrió lentamente la cortina volviendo a cubrir la ventana.

Sir Nathaniel, nuevamente encendió la luz y en esa placentera luminosidad, comenzaron a hablar libremente.

XXII. DESDE MUY CERCA

—El gusano blanco posee una astucia demoniaca —mencionó *sir* Nathaniel—. Después de que usted saliera, lo han visto circulando a lo largo del acantilado por ciertos lugares que usted solía frecuentar. No sé cómo ha logrado tener información de sus movimientos y tampoco he podido obtener datos que me permitan formarme una idea al respeto. Parece que está al tanto de su matrimonio igual que de su ausencia. Pero en consecuencia, creo que actualmente no sabe en qué lugar donde se encuentran usted y Mimi, y tampoco está al tanto de su regreso. Tan pronto como se oculta el sol, sale a hacer sus paseos y antes de que amanezca ya ha recorrido toda la zona que circunda el Brow llegando hasta el núcleo del Peak. En su forma natural, el gusano blanco tiene, sin lugar a dudas, más ventajas para realizar esa labor que ella se ha propuesto, pudiendo investigar cualquier tipo de ventana corriente. Por fortuna esta casa está fuera de su alcance, mientras no desee ser reconocida, como claramente es su intención. Pero incluso a estas alturas, lo más prudente es que no vea las luces, no vaya a ocurrir que ella descubra que usted está aquí.

—Señor, ¿no sería útil que alguno de nosotros viera de cerca a ese monstruo en su forma verdadera? Yo estoy dispuesto a asumir ese riesgo. Estoy perfectamente al tanto de que el peligro es considerable, pero no creo que exista nadie en nuestros tiempos que lo haya observado de cerca y después viviera para contarlo.

Sir Nathaniel alzó su mano con un gesto de negación.

—¡Por Dios, muchacho! ¿Qué está insinuando? Piense en su esposa y en todo lo que se encuentra en juego.

—Precisamente, es en ella en quien estoy pensando. Estoy dispuesto a arriesgar lo que sea por su bienestar.

La joven esposa se sentía orgullosa de su marido, pero empalidecía de solo imaginar el terrible gusano blanco. Adam se percató de ello y la tranquilizó de inmediato.

—Mientras su señoría no tenga conocimiento de mi paradero me encontraré tan seguro como ustedes. Querida, ten presente que no nos excedemos al tomar precauciones.

Sir Nathaniel reconoció que Adam estaba en lo cierto. El gusano blanco no tenía poderes sobrenaturales y no podía lastimarlos mientras no descubriera su escondite. Entonces, acordaron que los dos hombres irían juntos.

Salieron silenciosamente por la puerta trasera de la casa y avanzaron con precaución a lo largo de la calle que se dirigía hacia el oeste. Todo se encontraba tan oscuro que, por momentos, no podían ver el camino y tenían que adivinarlo por las ramas y los troncos de los árboles. No obstante, aún podían ver a lo lejos y en lo alto, la nefasta luz que a aquella distancia y altura, parecía una débil raya. Como ahora se encontraban a nivel del suelo, la luz les pareció increíblemente más alta de lo que habían observado desde la torre. Cuando la vio, el corazón de Adam se debilitó, ahora podía reconocer el peligro que significaba la ambiciosa empresa que se había propuesto. Pero este sentimiento fue sustituido en muy poco tiempo por otro que lo llenó de seguridad: un feroz rechazo y un deseo de matar como nunca había sentido con anterioridad.

Durante un rato siguieron por un camino plano y bastante ancho, desde donde era visible la luz verde. Entonces, *sir* Nathaniel habló en voz muy baja, poniendo sus labios en el oído de Adam como una precaución.

—Desconocemos totalmente hasta qué punto esta criatura ha desarrollado sus sentidos del oído y el olfato, aunque intuyo que ninguno de los dos con intensidad.

Con relación a la vista, debemos presumir lo contrario y podemos tener la precaución de ocultarnos detrás de los árboles. La más mínima equivocación podría ser fatal.

Adam solo asintió con la cabeza, en caso de que el monstruo los estuviera viendo.

Después de una espera que se hizo interminable salieron del área de los árboles y, al compararla con la brumosa oscuridad con la que habían estado envueltos, fue como salir a plena luz del día. Había mucha luz que les permitía ver, aunque no lo suficiente como para distinguir objetos distantes. Adam advirtió la luz verde en el cielo. Se encontraba en el mismo lugar, pero sus contornos se hacían más visibles. Parecía apoyarse sobre un largo poste blanco del cual colgaban, cercanos al extremo, dos suplementos también blancos, como elementales brazos o aletas. Era muy raro, pero aquella luz no parecía reducirse con el resplandor de las estrellas, sino que se hacía más definida y de un verde más profundo. Mientras ambos caballeros observaban cuidadosamente la luz verde —Adam se ayudaba con unos gemelos de teatro— sus narices fueron asaltadas por un espantoso hedor, muy parecido al que brotaba del agujero del pozo de "La arboleda de Diana".

Lentamente, sus ojos fueron acostumbrándose a la distancia y pudieron notar una gran masa, delgada y muy alta, blanca como la nieve. La parte de abajo estaba escondida entre los árboles, pero no era difícil distinguir la alta vara blanca y las dos luces verdes que lo remataban. Mientras la observaban, la vara se movió como inclinándose y la luz verde bajó entre los árboles. Pudieron verla resplandecer a medida que pasaba por entre las cerradas ramas.

Habiendo interpretado dónde se encontraba la cabeza de aquel ser, ambos hombres se atrevieron a avanzar un poco más y notaron que la base oculta de aquella vara era una gran masa de anillos del cuerpo de una gran serpiente. Mientras la observaban, esa masa inferior se movió irradiando la luz de la luna en sus brillantes pliegues y pudieron ver cómo avanzaba el monstruo sobre el terreno. Venía hacia ellos con paso muy rápido, por lo que dieron media vuelta y comenzaron a correr teniendo cuidado de hacer la menor cantidad de ruido posible tanto al pisar como al quitar la maleza. No se detuvieron ni reposaron hasta ver frente a ellos las altas torres de *Doom Tower*.

XXIII. En casa del enemigo

Al día siguiente *sir* Nathaniel se hallaba en la biblioteca cuando, después de desayunar, Adam vino hacia él con un sobre en la mano,

—Su señoría no pierde el tiempo. Ya se lanzó al ataque.

Sir Nathaniel, que estaba escribiendo sobre una mesa vecina a la ventana, levantó la vista.

—¿Qué ocurre? —respondió.

Adam le alargó la carta que llevaba, cuyo sobre estaba decorado con un escudo.

—¡Ah! —exclamó *sir* Nathaniel—. ¡Es del gusano blanco! Estaba esperando algo así.

—Pero ¿cómo pudo enterarse de que estamos aquí? —dijo Adam—. Anoche lo desconocía.

—Adam, eso es solo un misterio más y no creo que deba preocuparnos. Hay infinidad de cosas que no entendemos. Es suficiente saber que ella lo sabe, y quizá sea mejor y más seguro para nosotros.

—¿Cómo es eso? —preguntó Adam con expresión de asombro.

—Es la conclusión lógica de un razonamiento sensato y también la experiencia acumulada de muchos años de diplomacia. Este ser es un monstruo sin corazón y sin sentimientos por nada ni por nadie. A la luz del día, es considerablemente menos peligroso que bajo las tinieblas que lo resguardan. Además, por lo que hemos conocido de ella, sabemos que tiene buenos motivos para evitar cualquier publicidad. A pesar de su enorme tamaño y su portentosa fuerza, siente miedo de atacar abiertamente. Después de todo, no es más que una víbora y el carácter de una serpiente es serpentear por el suelo y actuar silenciosamente y con astucia. Jamás atacará si puede escapar, aunque sepa que la huida puede costarle la muerte. ¿Qué dice la carta?

Sir Nathaniel hablaba tranquilo y sereno. Cuando se veía involucrado en una discusión de corte intelectual volvía a ser el astuto diplomático de siempre.

—Nos está invitando a Mimi y a mí a tomar el té esta tarde en "La arboleda de Diana" y desea que usted también la honre con su presencia.

Sir Nathaniel sonrió.

—Le ruego le pida a la señora Salton que acepte en nombre de los tres.

—De alguna forma está intentando hacernos daño, que podría ser mortal. Tal vez, lo mejor sería no aceptar.

—Adam, hay un viejo truco diplomático que se aprende muy pronto. Siempre es conveniente luchar en un terreno que uno mismo haya elegido. Ciertamente, en esta ocasión, ella es quien ha sugerido el lugar. Pero si aceptamos, lo hacemos nuestro. Por otro lado, ella no logrará entender nuestros motivos para ello y su propia conciencia —si es que posee alguna, buena o mala— y sus propios temores e incertidumbres jugarán a nuestro favor. No, mi querido muchacho, debemos aceptar de inmediato.

Adam guardó silencio y, silenciosamente, extendió su mano y estrechó la de su compañero. No necesitaban decir nada más.

Cuando se acercaba la hora del té, Mimi le preguntó a *sir* Nathaniel cómo se trasladarían.

—Debemos ganar puntos a nuestro favor asistiendo con gran ceremonia. Es necesaria toda la notoriedad que sea posible —Mimi lo miró interrogativamente—. Querida, en las actuales circunstancias, la notoriedad es una protección. No se sorprenda si, mientras nos encontramos en "La arboleda de Diana", usted recibe mensajes eventuales, o todos, o alguno de nosotros.

—¡Ya veo! Usted no desea que corramos riesgos —señaló la señora Salton.

—Ninguno, querida. Todo aquello que logré aprender en las cortes extranjeras, entre personas tan pervertidas como salvajes, vamos a utilizarlo en las dos próximas horas.

La voz de *sir* Nathaniel era muy seria y Mimi se convenció de la significativa gravedad de la situación.

Partieron a su debido tiempo. Se pusieron en marcha usando un carruaje tirado por dos estupendos caballos, que rápidamente recorrió la corta distancia del viaje. Justo antes de cruzar el portón de la entrada, *sir* Nathaniel se dirigió hacia Mimi.

—He acordado con Adam ciertas señales, que pueden sernos útiles si se presentan emergencias de cualquier tipo. Esto no está relacionado directamente con usted. Pero tenga en cuenta que si le solicito a usted o a Adam que hagan algo, no deben dudar ni un solo instante en hacerlo y en ese momentos tenemos que hacer el esfuerzo de mantener una apariencia indiferente. Es muy probable que no ocurra nada que necesite tales precauciones. El gusano blanco no usará la fuerza aunque la tenga de sobra. Todo el daño que puede tratar de hacernos hoy, lo hará por la vía de una conspiración secreta. En otro momento tal vez use la fuerza, pero, por lo que puedo intuir, hoy no. Los mensajeros que vendrán a preguntar por alguno de nosotros, no solo serán testigos, sino que pueden ser de gran ayuda para evitar el peligro.

Viendo la duda en el rostro de Mimi, el anciano prosiguió:

—De qué manera se presentará el peligro, no puedo ni imaginarlo. Sin duda, se encubrirá bajo situaciones ordinarias, pero no menos peligrosas a tener en cuenta. Ya nos encontramos en la entrada. Así que mucho cuidado. Que no perdamos la cabeza es ya un gran adelanto.

Cuando entraron en el vestíbulo había varios miembros de la servidumbre vestidos de uniforme. Las puertas del salón se encontraban abiertas y lady Arabella se dirigió hacia ellos dándoles una jovial bienvenida. De inmediato los llevó a otra estancia donde estaba servido el té.

Adam, desconfiando de todo, se mantenía en guardia y observó en la pared más alejada de la habitación una puerta de hierro del mismo color y la misma forma que la que cerraba la cámara subterránea donde se encontraba el pozo en el que había caído Ulanga. Al verla se inquietó y permaneció tranquilo cerca de ella. No hizo ningún gesto, ni siquiera con los ojos, pero podía darse cuenta de que *sir* Nathaniel lo observaba estrechamente y suponía que le daba su aprobación.

Todos se sentaron alrededor de la mesa servida para el té y Adam se mantenía cercano a la puerta. Lady Arabella se abanicó, se quejó del calor y dio la orden a uno de sus sirvientes de que hiciera abrir las otras puertas.

Mientras tomaban el té, repentinamente, surgió en el rostro de Mimi una mirada de pánico, al mismo tiempo, los hombres empezaron a darse cuenta de que un pesado humo empezaba a propagarse por la habitación dificultando la respiración y causando sofocos en quienes lo inhalaban. La servidumbre, inquieta, trataba de abrirse paso hacia la puerta interior. El humo se hacía más y más espeso y el olor era cada vez más corrosivo. La corriente de aire de la puerta abierta llevaba el humo hacia Mimi, quien comenzó a ahogarse y corrió hacia la puerta interior la cual abrió por completo, encontrando que allí había una cortina de seda muy fina fijada al marco. La corriente de aire que se formó sopló la delgada cortina hacia ella. Asustada tiró de ella, envolviéndola de pies a cabeza. Después, corrió hacia la puerta aún abierta, sin fijarse en el hecho de que no lograba ver adónde iba. Seguido por *sir* Nathaniel, Adam se arrojó hacia ella hasta alcanzarla y tomarla firmemente por el brazo. Una acción afortunada, ya que justo frente a su esposa se encontraba el oscuro orificio del pozo, que por supuesto, ella no lograba ver a causa de la cortina enrollada alrededor de su cabeza. El suelo se encontraba muy resbaladizo. Algo parecido a un aceite negro y espeso había sido derramado por donde Mimi tenía que avanzar muy cerca del borde del pozo. De hecho, Mimi dio un traspié y cayó hacia adelante en dirección a este.

Al notar que Mimi se resbalaba, Adam se lanzó hacia atrás sin soltarla. Su peso fue determinante y la arrastró, cayendo ambos al suelo alejados del área resbaladiza. Al instante, Adam ayudó a Mimi a levantarse y salieron juntos muy rápidamente por la puerta abierta hacia la luz del sol. *Sir* Nathaniel los seguía pisándoles los talones. Todos habían empalidecido, salvo el anciano diplomático que parecía tranquilo e indiferente. Al observar que su amigo mantenía la compostura, Adam y su esposa se serenaron y se animaron. Los dos se las arreglaron para seguir el ejemplo del anciano, con gran desconcierto para los lacayos de lady Arabella, que observaron a los tres invitados recién escapados de un espantoso peligro avanzando alegremente como si no hubiera sucedido nada. Bajo la presión de la mano de *sir* Nathaniel que los orientaba, dieron media vuelta y regresaron nuevamente a la casa.

Lady Arabella, cuyo semblante había adquirido una palidez mortal, volvió a dedicarse a la bandeja del té, como si nada extraño hubiera ocurrido. El recipiente para echar el agua caliente, sobre el cual habían vertido el té, estaba lleno de papel marrón quemado a medias por el fuego.

Sir Nathaniel que había estado estudiando detalladamente a su anfitriona, aprovechó la primera oportunidad que tuvo para decirle a Adam:

—El verdadero ataque aún no ha ocurrido. Se encuentra demasiado tranquila. Cuando yo tome a su esposa de la mano para llevarla afuera, síganos y avísele que debe apresurarse. No podemos perder ni un segundo, aunque tenga que hacer un drama. ¡Silencio!

Así que volvieron a sentarse en sus respectivos lugares alrededor de la mesa, mientras los criados traían más té obedeciendo una orden de lady Arabella,

A partir de ese instante, la reunión alrededor de las tazas de té se convirtió en una absoluta pesadilla para Adam, cuyos sentidos estaban alertas al más alto nivel. En el caso de la pobre Mimi, se encontraba tan alterada por el miedo, la situación presente, el futuro y por el susto del terrible peligro del que acababa de escapar, que sus capacidades parecían embotadas, no obstante, recuperó el ánimo para la prueba, y se sentía preparada para enfrentarse con lo que fuera. Como de costumbre, *Sir* Nathaniel parecía amable, educado, atento y totalmente dueño de sí mismo.

Para Adam, resultaba claro que Mimi estaba inquieta. La manera de girar la cabeza para mirar alrededor suyo, los repentinos cambios de color en su rostro, y una respiración acelerada alternando con lapsos de extraña calma, eran muestras de una alteración nerviosa. La conducta de lady Arabella hacia ella era una combinación de cordial amabilidad y deferencia personal. Era muy difícil imaginar una bondad más tierna y atenta dirigida a un honorable huésped.

Los criados retiraron las tazas cuando terminó el té y lady Arabella, pasando su brazo por la cintura de Mimi, fue con ella hacia una habitación vecina, donde poseía una colección de múltiples fotografías, se sentó junto a su invitada y empezó a mostrárselas. Mientras, los criados comenzaron a cerrar todas las puertas, incluso, la que se abría desde la habitación subterránea, es decir, la del pozo que se encontraba a nivel de la calle. De repente, y sin razón aparente, la luz de la habitación comenzó a disminuir. *Sir* Nathaniel, que se hallaba sentado al lado de Mimi se levantó y, al grito de "¡rápido!", la tomó de la mano y comenzó a arrastrarla fuera de aquella habitación. Adam tomó su otra mano y entre ambos la llevaron hacia la puerta exterior que los criados ya habían comenzado a cerrar. En un principio tuvieron dificultades para hallar el camino debido a que la oscuridad era absoluta, pero fue un alivio cuando Adam dio un fuerte silbido y llegaron galopando los caballos y el carruaje, los cuales se encontraba esperando en una esquina de la calle. Adam y *sir* Nathaniel levantaron —casi lanzaron— a Mimi dentro del carruaje y el conductor, usando el látigo y las espuelas, atravesó la puerta de entrada con el vehículo y tomó la carretera avanzando a gran velocidad. Detrás de ellos se había originado un caos: los servidores iban de un lado para otro, se escuchaban las órdenes, las puertas cerrándose, y se escuchaba un inusual ruido que venía de algún remoto lugar dentro de la casa. Los caballos avanzaban atropelladamente por el camino con todos sus músculos tensos y los dos caballeros le daban apoyo a Mimi pasando sus brazos alrededor de ella como una forma de protección. En la medida que fueron avanzando, apareció una brusca elevación en el terreno, pero los caballos, respirando con dificultad, se lanzaron en una desquiciada carrera sin aflojar el paso para bajar la colina, cuyas pendientes descendieron a gran velocidad.

Sería un absurdo pretender que ni Mimi ni Adam sintieron temor al volver a *Doom Tower*. La ansiedad de Mimi era mucho mayor que la de su marido, cuyos nervios estaban más tranquilos y habituados a los peligros. Sin embargo, Mimi resistió indomablemente y, como era lo habitual, el esfuerzo fue de mucho provecho. Cuando se halló nuevamente en el estudio de trabajo en lo alto de la torre, por poco olvida los espantosos peligros que la esperaban afuera en la oscuridad. Hizo un esfuerzo para no asomarse a la ventana, sin embargo, Adam se asomó y no vio nada. La luz de la luna iluminaba toda la región cercana, pero en ninguna parte logró ver el vibrante rayo de luz verde.

Aquella tranquila noche tuvo un efecto positivo sobre la pareja. Como no podía verse, en aquel momento el peligro parecía inexistente y por momentos, parecía poco probable que hubiera existido. Con renovados bríos, Adam se levantó muy temprano y paseó a lo largo del acantilado, sin notar cambios visibles en *Castra Regis*. Lo que sí observó cuando estaba de vuelta, para su gran asombro y desconcierto, fue a lady Arabella que salía por la puerta de "La arboleda de Diana", con su ceñido vestido blanco y el cuello de armiño sin las esmeraldas, la cual se dirigía hacia el castillo. Mientras se apresuraba para ir a desayunar con Mimi y *sir* Nathaniel, Adam pensó sobre este hecho, tratando de encontrar su significado. Comenzaron a comer en silencio... lo pasado, había pasado, y era bien sabido por todos, además, no era un tema agradable.

Retomaron la conversación cuando Adam comentó que había visto a lady Arabella dirigirse hacia Castra *Regis*. Cada uno tenía algo que decir sobre ella y, en especial sobre sus intenciones o deseos relacionados con Edgar Caswall. Mimi habló con angustia y sin omitir detalle de su enemiga, ya que nunca podría olvidar el día en que esa mujer se había aliado con el negro para hacerle daño a Lilla. Socialmente le descomponía que fuera detrás del rico hacendado "lanzándose en sus brazos con tanto descaro". Mostraba interés en saber si la inmensa cometa aún volaba sobre la torre de Caswall, pero no hizo mayores esfuerzos por hablar de algo más. Lo único que logró acotar fue su gran asombro por el "descaro" de su señoría al no reconocer aquellos actos criminales y su descaro al dar por sentado que los demás también los pasaban por alto.

XXIV. UNA PROPUESTA SORPRENDENTE

Mientras más pensaba Mimi en los últimos acontecimientos, más confundida se sentía. ¿No habrían cometido alguna equivocación en alguna parte? ¿Podría ser posible que uno de los dos, o ambos, estuvieran equivocados y que el gusano blanco no hubiera existido nunca? De cualquier forma, eran hipótesis que no podían ser aceptadas. No creer en aquello que parecía evidente era igual que destruir las bases mismas de la creencia... No obstante, en épocas antiguas habían existido monstruos sobre la Tierra y es cierto que existieron pueblos que creyeron en sus extraños cambios de identidad. Todo era insólito. Pensaba en cómo la vería un desconocido —un médico, por ejemplo— si ella le decía que había sido invitada a tomar el té con un monstruo prehistórico y que la habían atendido sirvientes vestidos a la última moda.

Adam regresó, animado por el paseo y más sereno de lo que se solía encontrarse los últimos días. Igual que Mimi, él también había pasado por esa fase de dudas y negación para aceptar la realidad de las cosas, aunque no se hallaba afectado al mismo nivel. Pero, el pensamiento de que su esposa sufría las funestas consecuencias de aquella terrible experiencia, le provocó nuevos ánimos. Permaneció con ella un rato y luego salió en busca de *sir* Nathaniel con la intención de hablar con él sobre el tema. Sabía que el carácter tranquilo del anciano, su confianza en sí mismo y también su experiencia, iban a ser de gran ayuda.

Sir Nathaniel había llegado a la conclusión de que lady Arabella había modificado sus planes por alguna razón que él ignoraba y, por lo menos en aquellos momentos, quería mostrarse como un ser sosegado. Estaba inclinado a creer que aquel cambio de comportamiento se originaba en el hecho de que su dominio sobre Edgar Caswall era tan grande que podía justificar una mayor convicción en que lograría someterlo a sus encantos.

La verdad era que lady Arabella había visto a Caswall esa mañana cuando fue a *Castra Regis*, y ambos habían mantenido una larga conversación, durante la que habían discutido la conveniencia de su unión matrimonial. Caswall, sin mostrarse muy entusiasmado por el tema, se había sido atento y cortés. Mientras caminaba de regreso a "La arboleda de Diana", lady Arabella casi se felicitaba a sí misma por el nuevo camino que tomaría su vida. Aquella idea se había transformado en una fijación dentro de su cabeza, tal como lo demostraba la carta que ese mismo día durante la tarde le escribió y entregó a Adam Salton en sus manos:

> *Estimado Señor Salton:*
>
> *Me estoy preguntando si usted sería tan gentil de ayudarme y, si le fuera posible, orientarme con un tema de negocios. Hace cierto tiempo que estoy tratando de decidirme a vender "La arboleda de Diana" y he venido postergando esta decisión hasta ahora. La finca es únicamente de mi propiedad y no debo consultar a nadie sobre lo que yo decida hacer con ella. Fue adquirida por mi finado esposo, el capitán Adolphus Ranger March, quien poseía, además, otra residencia, "The Crest", en Appleby. Junto a la casa obtuvo todo tipo de derechos sobre las tierras adyacentes, incluidos los de la caza y la minería y al morir me dejó toda la propiedad. Sentiré muchísimo abandonar este terreno, del que conservo infinitos afectos, hermosos recuerdos, la memoria de aquellos felices días de mi vida de recién casada y, en especial, del hombre que tanto amé y que tanto me amó... Por supuesto que yo estoy dispuesta a vender mi propiedad a un precio justo, con la condición de que el comprador me guste y tenga mi aprobación. Puedo decir que usted es la persona ideal, pero no guardo tantas esperanzas. No obstante, se me ha ocurrido que entre sus conocidos australianos tal vez*

exista alguno que desee asentarse aquí en la madre patria y no tenga problemas para establecer su residencia en una de las regiones históricas de Inglaterra más plagada de romances y fantasías, y de infinito interés para el estudioso de los tiempos pasados. Aunque pequeña, la propiedad se encuentra en magníficas condiciones y brinda ilimitadas posibilidades de progreso, también posee incontables derechos —dudosos o no liquidados— que existían previamente a la llegada de los romanos o incluso de los celtas que fueron los primeros dueños. Por otra parte, la casa ha sido amueblada al dernier cri. *La compra podría arreglarse de inmediato y mis abogados pueden hacerle llegar todos los detalles legales a usted o a quien proponga. Una palabra suya de aceptación o rechazo será suficiente, los detalles podrán ser discutidos por nuestros secretarios. Le pido disculpas por molestarlo con este tema. Su amiga sincera.*

ARABELLA MARCH

Adam leyó la carta varias veces. Finalmente, fue a conversarlo con Mimi y le preguntó si tenía alguna objeción que hacer. Después de cierto sobresalto, ella le respondió que, tanto en esto como en lo demás, ella estaba dispuesta a hacer lo que él quisiera.

—Querido, quiero que tú decidas lo que sea mejor para los dos. Siéntete totalmente libre de actuar según pienses que es tu deber o hacia donde te lleve la intuición. Ambos estamos en las manos de Dios. Él nos ha traído hasta aquí y nos seguirá orientando hasta el final.

De la habitación de su esposa, Adam Salton salió de inmediato hacia el estudio de la torre, donde sabía que a esa hora encontraría a *sir* Nathaniel.

El anciano se encontraba solo. Adam entró, después de escuchar el "adelante" con que fue respondida su llamada. Se sentó junto a él, después de cerrar la puerta.

—¿Señor, usted cree que haría bien si compro "La arboleda de Diana"?

—¡Santo Dios! —dijo el anciano sorprendido—. ¿Cómo se le ocurrió semejante disparate?

—Muy simple. Juré destruir a ese gusano blanco, y poder hacer lo que quiera con esa madriguera haría las cosas más fáciles y nos ahorraría complicaciones.

Sir Nathaniel dudó mucho más de lo habitual antes de contestar. Reflexionaba muy seriamente.

—Es verdad, Adam, su sugerencia posee mucho sentido común aunque al principio me sorprendiera. Creo que, por todos los motivos señalados, sería conveniente comprar la propiedad y preparar la escritura de traspaso de inmediato. Si necesita más dinero en este momento, no dude en pedírmelo, puedo ser su banquero.

—Muchas gracias, de todo corazón, pero poseo más dinero en efectivo del necesario. Me alegra que esté de acuerdo.

—Es una propiedad histórica y al pasar el tiempo ganará aún más valor. Por otra parte, puedo decirle algo que, aunque solo es una figuración mía, le otorgará un inmenso valor a ese lugar si estoy en lo cierto —Adam lo escuchaba con atención—. ¿Nunca se preguntó por qué antiguamente le pusieron ese nombre de "La madriguera del gusano blanco"? Ya sabemos que había una serpiente que en tiempos primitivos era llamada gusano, pero, ¿por qué blanco?

—La verdad es que lo ignoro. Nunca pensé en ello. Sencillamente lo di por hecho.

—En un principio me ocurrió lo mismo... de eso hace mucho tiempo. Pero luego presioné mi cerebro para encontrar la razón.

—¿Y cuál era, señor?

—Simple y llanamente porque el gusano o serpiente *era* blanco. Nos encontramos muy cerca del condado de Stafford, donde se fundó y progresó la gran industria de la porcelana cocida. Stafford debe gran parte de su progreso a los inmensos depósitos de una inusual arcilla blanca llamada caolín, que eran hallados eventualmente en el subsuelo. Con el paso del tiempo estos depósitos se fueron extinguiendo, pero los aventureros de Stafford buscaron esta rara arcilla por siglos, igual que los granjeros y expedicionarios de Ohio y Pennsylvania buscaron petróleo. Cualquiera que tenga una propiedad en la que pueda hallarse caolín tendrá una especie de mina de oro.

—Entiendo, pero, ¿entonces? —el joven parecía confundido.

—El antiguo "gusano", que ha dado su nombre al lugar, de seguro encontró un camino directo al interior de los pantanos y depresiones. Sabemos que la arcilla es fácilmente penetrable y es muy probable que el boquete original cruzara un lecho de caolín. Ya abierto el camino, este sería para el gusano una especie de ruta principal de entrada y salida. Pero, como para emerger desde semejantes profundidades tendría que moverse mucho, parte de la arcilla blanca se pegaría en su rugosa piel al arrastrarse y al llegar a la superficie la criatura se vería blanco por el contacto con la arcilla blanca. En cambio, la ruta para descender debía ser comparativamente fácil. Por ello el nombre, que no tiene ningún significado enigmático, sino que solo se ajusta a los hechos. Ahora bien, si esta hipótesis es cierta —y no veo motivos para que no lo sea— debe existir un yacimiento de valiosa arcilla, seguramente a gran profundidad.

—*Sir* Nathaniel, el instinto me dice que ha descubierto, más bien resuelto, un gran misterio.

Esta frase de Adam encantó al viejo caballero, que alegremente continuó:

—Cuando en el ámbito comercial se den cuenta de lo que vale mi descubrimiento, más vale que usted tenga su título de propiedad en orden, porque si alguien se merece tal beneficio, sin duda, ese es usted.

Sin perder ni un segundo, Adam aseguró la compra de aquella propiedad con la ayuda de su amigo. Luego fue a ver a su tío y le narró toda la historia. El señor Salton se entusiasmó mucho al ver a su joven sobrino convertido en el dueño de aquella estupenda propiedad, la cual le daría una relevante posición social en el territorio. Aparte, algo inquieto, le hizo muchas preguntas sobre Mimi y sobre las correrías del gusano blanco, pero Adam logró tranquilizarlo.

Al día siguiente, cuando Adam se encontró con su anfitrión en el salón de fumadores, *sir* Nathaniel lo interrogó acerca de cómo pretendía actuar con relación al cumplimiento de su promesa.

—Usted se ha propuesto una tarea difícil. Eliminar dicha criatura es algo similar a los trabajos de Hércules.

No solo se está enfrentando con su tamaño y peso, sino con la habilidad de utilizar ambos de forma inesperada, también con su apariencia oculta que es, en sí misma, una dificultad insuperable. El gusano es señor de todos los elementos salvo el fuego, y no logro vislumbrar cómo podría utilizar el fuego para combatirlo. En su forma habitual, es suficiente con que se oculte bajo la tierra y ni usted ni nadie logrará llegar hasta él, aunque tuviera los recursos de la mina de carbón más grande existente. Pero tal vez usted tiene un plan en mente —agregó con cortesía.

—Así es, señor. Pero, por supuesto, es muy factible que no soporte una puesta en práctica.

—¿Podría saber cuál es su plan?

—Está bien, esta es mi idea. En la época de los levantamientos de los *cañistas,* en los círculos financieros ingleses corrió el rumor de que se planeaba un ataque contra el Banco de Inglaterra. De inmediato, los directores de esta entidad consultaron a infinidad de expertos y concluyeron finalmente que la mejor protección contra el fuego —que era a lo que más temían— no era el agua sino la arena. Luego, con el objetivo de poner en práctica esta idea, fueron colocadas en todas partes del edificio enormes reservas de arena de mar —del tipo que existe en la región y que se usa para llenar los relojes de arena—, en especial donde era más factible el ataque.

—Apenas sea de mi propiedad —Adam continuó—, tengo la intención de hacer traer a "La arboleda de Diana" una gran cantidad de arena de ese tipo y en la primera ocasión la arrojaré en el pozo cegándolo por un tiempo. De esta forma, lady Arabella, bajo su apariencia natural de gusano blanco, quedará privada de su refugio. El pozo es estrecho y tiene muchos cientos de pies de profundidad. La cantidad de arena que puede contener no será suficiente para cerrarlo, pero la fuerza que tendría que emplear un cuerpo tan gigantesco para lograr abrirse camino sería descomunal.

—Pero... ¿qué rol cumple la arena en la destrucción del gusano?

—Directamente ninguno, pero puede frenar a la criatura hasta que la segunda parte de mi plan sea puesta en práctica.

—¿Y cuál es esa segunda parte?

—Al mismo tiempo que se arroja arena dentro del pozo, también se pueden arrojar cantidades considerables de dinamita.

—Está bien. Pero, ¿cómo logrará que la dinamita explote? Porque, me imagino que eso es lo que usted intentará. ¿No es necesario alambre y mecha para cada paquete de dinamita?

Adam sonrió.

—En la actualidad, ya no. Fue probado en Nueva York. Mil libras de dinamita fueron ubicadas dentro de recipientes sellados en algunos lugares. Como detonante se utilizó una carga de pólvora para volar la dinamita y el éxito fue total. Los que no tenían conocimientos en la materia esperaban que todos los vidrios de Nueva York volaran en pedazos. Pero la verdad es que los explosivos no causaron ningún daño fuera del área determinada, a pesar de que fueron minados dieciséis acres de roca y solo quedaron en pie los pilares y los muros de contención.

Sir Nathaniel movió su cabeza en señal de afirmación.

—Parece un buen plan, muy bueno, diría yo. Pero si es necesario volar tantos pies de profundidad, podría destruirse toda la vecindad.

—Y acabar para siempre con un monstruo —agregó Adam, mientras dejaba la habitación para ir en busca de su esposa.

XXV. La última batalla

Lady Arabella envió instrucciones a sus representantes para que se dieran prisa con la escritura de la propiedad de "La arboleda de Diana". Por lo que, Adam Salton logró la posesión formal de la propiedad sin pérdida de tiempo. Después de su conversación con *sir* Nathaniel, realizó ciertas actividades para comenzar a poner en práctica su plan. Le dio indicaciones al mayordomo de que preparara un complejo sistema de fertilización del suelo con el objeto de almacenar la cantidad necesaria de arena fina de mar. Grandes montones de arena, traída de las playas de la costa de Gales, comenzaron a acumularse en la parte de atrás de "La arboleda de Diana". Nadie parecía figurarse que tendría un uso diferente del que había sido señalado.

Lady Arabella, la única persona que podía haberlo puesto en duda, estaba tan concentrada en la persecución matrimonial de Edgar Caswall, que no tenía tiempo ni deseos de ocuparse de algo diferente. Y aunque, formalmente, había vendido la propiedad, aún no había desalojado la casa.

Adam construyó, también, detrás de la "arboleda", un básico cobertizo de plancha ondulada donde guardó los explosivos. Cuando llegara el momento apropiado, todo estaría preparado para el gran plan. Solo quedaba esperar. Mientras pasaba el tiempo, se ocupó de otras cosas, incluyendo la gran cometa de Caswall, que seguía sobrevolando desde la gran torre de *Castra Regis*. El gran montón de arena fina alcanzó tan grandes proporciones que los alguaciles y los granjeros de las cercanías del acantilado se mostraban confundidos. La hora de la gran hecatombe se acercaba rápidamente y Adam esperaba, infructuosamente, una oportunidad que pareciera natural para visitar a Caswall en la torre de *Castra Regis*. Finalmente, una mañana, se topó con lady Arabella que iba hacia el castillo y, armándose de valor *à deux mains,* le pidió que lo dejara acompañarla. Ella estaba muy satisfecha de complacer los deseos de Adam, ya que le convenía para sus propios objetivos. Ambos entraron en la casa y subieron a la habitación de la torre. Caswall quedó muy sorprendido al ver a Adam en su casa, pero aceptó la obligación social de mostrar agrado y cumplió tan bien su rol de anfitrión que logró engañar al mismo Adam.

Los tres subieron hasta el techo de la torre, donde Caswall les mostró a sus invitados el mecanismo para subir y bajar la cometa, y aprovechó el momento para verificar los movimientos de las multitudes de pájaros, que casi instantáneamente respondían al movimiento de ascenso o descenso de la cometa.

Cuando salieron de *Castra Regis*, mientras lady Arabella caminaba con Adam en dirección a su casa, le preguntó si podía hacerle una petición. Concedido el permiso, lady

Arabella le señaló que antes de dejar —definitivamente— "La arboleda de Diana", donde había habitado durante tanto tiempo, tenía el sueño de conocer la profundidad del pozo. Adam sintió una gran emoción ante tal petición, y no por algún tipo de sentimentalismo, sino porque quería encontrar alguna razón real y evidente para examinar el desfiladero del gusano sin levantar sospechas. Así que hizo traer una sonda Kelvin desde Londres, con suficiente longitud de cuerda como para alcanzar el fondo del orificio. La cuerda deslizaba con facilidad en el carrete, y cuando fue colocada en la boca del pozo, Adam aguardó con satisfacción el momento más adecuado para realizar el experimento decisivo.

Por otra parte, todo se desarrollaba tranquilamente en *Mercy Farm*. Lilla, en efecto, se sentía bastante sola por la falta de su prima, pero invariablemente el curso de la vida continuaba para ella y para los demás. Después del primer impacto de la separación, las cosas retomaron su rutina habitual. No obstante, surgió una gran diferencia en un aspecto. Mientras las condiciones de la casa se habían mantenido sin cambios, Lilla vivía tranquila, sin ninguna ambición personal y aferrada a la única vida que conocía. Pero el matrimonio de Mimi la hizo pensar y, ciertamente, llegó a la conclusión de que ella también podía casarse. Pero no había mucho donde escoger. Había muy poco movimiento con fines matrimoniales en la granja. Lilla no aceptaba el temperamento de Edgar Caswall, además, su lucha con Mimi la había horrorizado, aunque sin lugar a dudas, era un excelente partido, muchísimo mejor de lo que ella hubiera podido aspirar. Este tipo de consideraciones son de bastante peso para una mujer, sobre todo para una de su clase. Por lo que, en general se contentó con dejar que los hechos continuaran su curso, aceptando las consecuencias.

En la medida que transcurría el tiempo, Lilla tenía razón para creer que la situación no era favorable a sus deseos. No podía dejar de notar ciertos hechos inquietantes, como la existencia de lady Arabella y su, cada vez mayor, intimidad con Edgar Caswall, así, como la propia naturaleza fría y desdeñosa de este, tan poco acordes con el ardor en que suelen estar basados los sueños felices de una doncella. Le daba terror pensar en cómo deberían cambiar las cosas para que ella lograra casarse. Al tener todo esto en cuenta, las perspectivas no eran para nada favorables, y tenía el deseo secreto de que ocurriera algo que alterara el orden presente de las cosas.

Cuando Lilla recibió la nota de Edgar Caswall, solicitando su permiso para ir a tomar el té al día siguiente, su corazón se encogió. Si estaba relacionado solo con el bienestar de su abuelo, no podía rechazarlo o hacer evidente una molestia que pudiera entenderse como una descortesía. Mimi le hacía más falta de lo que era capaz de aceptar o incluso creer. Hasta ese instante, siempre había contado con la amistad, la comprensión y el noble apoyo de su prima. Ahora, se había marchado tanto ella, como todo ese apoyo, y otro sinfín de cosas como la dulzura, la seguridad y la amistad, dejando en su lugar un espantoso y triste vacío.

Durante toda la tarde, la noche y la mañana siguiente, el sentimiento de soledad de la pobre Lilla había ido creciendo hasta convertirse en una auténtica angustia. Por vez primera comenzó a percatarse de la magnitud de su pérdida, como si las tristezas previas hubieran sido una vaga preparación. Cada recuerdo que venía a su mente, cada imagen y pensamiento, estaban plagados de una profunda significación. Pero, por encima de todo, sentía un temor nuevo. Aquel sentimiento de seguridad que la había acompañado toda su vida, se convirtió en un miedo que nunca la abandonaba y que por momentos casi era mayor que su capacidad de resistencia. Tan grande era el miedo que sentía que, de manera obsesiva, le daba igual morir que seguir viviendo. No obstante, no importaba cuales fueran sus sentimientos, ella se sentía obligada a cumplir con su deber y al ser educada para anteponer la obligación a todo lo demás, se llenó de ánimos para continuar adelante, lo mejor que podía.

Sin embargo, esta dura y prolongada lucha por mantener el autocontrol, afectó a Lilla. Parecía enferma y débil, y la verdad es que se encontraba en estado de decaimiento y extenuación, tenía marcadas ojeras, una palidez generalizada y un temblor espontáneo que no lograba reprimir. Para ella era una dolorosa desgracia que Mimi estuviera lejos, porque su amor hubiera podido reconocer los oscuros motivos de sus males y revelar el definitivo estado de salud de la joven. Lilla era por completo incapaz de luchar para escapar de la prueba de fuego que la esperaba, pero su prima, con la práctica de sus combates previos con el señor Caswall, y el conocimiento del estado en que dichos combates la habían dejado, hubiera sabido tomar medidas —definitivas, si era necesario— para evitar que se repitieran.

Edgar llegó con puntualidad a la hora que ella misma había establecido. Cuando Lilla, a través del gran ventanal, lo vio acercarse a la casa su estado de alteración nerviosa era lamentable. Sin embargo, se llenó de ánimos y se las ingenió para superar las fases iniciales del encuentro sin ningún cambio notorio en su apariencia normal y en su comportamiento. Hubiera sido aún peor si, como ella temía, la sombra negra de Ulanga hubiera llegado detrás de su amo. Fue un gran alivio comprobar que el negro ya no la vigilaba con su habitual sigilo. También había temido, aunque con menor intensidad, la presencia de lady Arabella, que podía generarle inconvenientes como en oportunidades anteriores.

Con la sabiduría natural de una mujer en situación difícil, Lilla había colocado los utensilios del té como una tenue indicación de la oposición social entre ella y su invitado. Había seleccionado el juego de té más humilde que poseía e hizo lo mismo con los alimentos para acompañarlo. En vez de sacar la tetera de plata y las tazas de porcelana, había escogido una tetera de barro cocido, como las que se usan por costumbre en las cocinas campesinas. Igual sencillez era evidente en las tazas y platillos de burda alfarería casera, así como en la jarrita de crema del mismo material. El pan era de harina integral, hecho en casa. La mantequilla era de excelente calidad, pues la había batido ella misma, y las confituras y la miel procedían de su propio jardín. Su rostro brilló de alegría al ver que su huésped observaba sus preparativos con ojos altaneros. Aunque en el fondo, la pobre joven se sentía sobresaltada, porque le gustaba atender a sus invitados con la mejor acogida que estuviera a su alcance, pero ahora tenía que descartar este y otros placeres, porque la necesidad así lo demandaba.

Caswall tenía una expresión más hosca e inalterable que nunca, desde el principio, sus lacerantes ojos parecían mirarla tan intensamente hasta atravesarla. El corazón de Lilla se debilitó cuando imaginó lo que vendría después... y en cómo terminaría todo aquello si esto no era más que el comienzo. A manera de protección, más emocional que efectiva, había traído de su propia habitación las fotografías de Mimi, de su abuelo, y de Adam Salton, a quien ya se había habituado a imaginar como a un hermano en quien podía confiar. Guardó las fotos al lado de su corazón, donde su mano pudiera moverse naturalmente cada vez que sintiera turbación, desconfianza y miedo con tanta intensidad, que hicieran imposible mostrar la tranquilidad que ella creía necesaria para superar la prueba.

En un inicio, Edgar Caswall fue gentil y muy educado, incluso amable, pero al rato, cuando se dio cuenta de que la resistencia de Lilla aumentaba, dejó todo semblante de autocontrol y comenzó a mostrarse tan dominante como lo había hecho con anterioridad. Sin embargo, la joven estaba preparada para esta situación, tanto por las experiencias previas como por su instinto natural de lucha. De esta forma, a medida que pasaban los minutos, los dos desplegaron sus poderes, manteniendo el equilibrio de fuerzas con el que habían iniciado.

Repentinamente, la batalla psíquica entre las dos personalidades comenzó nuevamente. En esta oportunidad, tanto las condiciones positivas como las negativas estaban por completo a favor del hombre. La chica estaba sola, de mal humor y sin nadie que la apoyara. No había nada a favor de ella salvo el recuerdo previo de las dos luchas victoriosas. Mientras que Caswall, aunque no tenía como antes la ayuda de lady Arabella o de Ulanga, estaba descansado, lleno de energía y con una disposición optimista. No fue sorprendente, entonces, que su carácter dominante natural le diera infinidad de oportunidades para hacer valer sus deseos. Miró a Lilla, fijamente, desde el principio, con absoluta conciencia de su poder y, como este pareció ejercer un efecto inmediato sobre la joven, sintió la total seguridad de que al final la victoria sería suya.

La seguridad de Lilla comenzó a debilitarse poco a poco. Sentía que la lucha era desigual y que no tenía condiciones para poner en juego sus mejores recursos. Como era una persona desinteresada, no sabía cómo luchar por ella misma tan bien como por alguien a quien amara y por quien sintiera devoción. Edgar comprobó la relajación de los músculos de su cara y de su frente, y la caída casi completa de sus párpados, que parecían cerrarse como cuando se tiene mucho sueño. Lilla hizo tremendos esfuerzos por recobrar sus rebajadas fuerzas, pero en aquel instante fueron infructuosos. Sin embargo, finalmente se produjo una interrupción que le ofreció un verdadero estimulante. A través de la amplia ventana vio llegar a lady Arabella por la sencilla reja que llevaba hacia la granja y la observó avanzar hacia el vestíbulo. Como de costumbre, iba vestida con un ceñido vestido blanco que enaltecía su delgada y sinuosa figura.

Esta visión consiguió en Lilla lo que ningún esfuerzo de su voluntad hubiera podido lograr. Sus ojos fulguraron y por un segundo sintió como si repentinamente ella se hubiera apoderado de una nueva vida. La llegada de lady Arabella, con su acostumbrada indiferencia, engreimiento y menosprecio, incrementó el efecto, y cuando las dos se encontraron una cerca de la otra la batalla se reinició. A Caswall, su llegada también le dio nuevos bríos y recuperó el dominio total de sus fuerzas. Sus miradas, incrementadas, tuvieron un efecto más evidente que hasta ese momento. Lilla, al fin, parecía haber cedido a su dominio. Su cara en muy breves segundos pasó del rojo intenso al blanco más sepulcral. Le fallaban las fuerzas. Sus rodillas comenzaron a doblarse y estaba a punto de caer al suelo cuando, para su sorpresa, Mimi entró en la habitación, corriendo velozmente y respirando con dificultad.

Lilla se lanzó hacia ella y ambas se estrecharon las manos. Un nuevo sentimiento de poder, como Lilla jamás había visto en ella, pareció fortalecer a su prima. Su mano se levantó y comenzó a agitarse en el aire frente a Caswall, haciéndolo retroceder con cada movimiento más y más hasta, finalmente, arrojarlo por la puerta que Mimi había dejado abierta al entrar y hacerlo caer cuan largo era sobre el camino de grava.

En ese momento ocurrió la caída total y definitiva de Lilla, que, sin hacer ruido, cayó al suelo.

XXVI. Cara a cara

Mimi se sintió muy abatida cuando vio a su prima tirada en el suelo. Varias veces había observado a Lilla al borde del desmayo, pero nunca sin sentido y estaba aterrorizada. Se arrodilló a su lado y trató de reanimarla frotando sus manos y de otros modos conocidos. Pero todos sus esfuerzos eran inútiles. Lilla continuaba pálida y sin conocimiento. De hecho, cada minuto que transcurría su apariencia era peor, su pecho que antes palpitaba por el exceso de tensión ya no se movía, y la palidez de su cara parecía la blancura del mármol.

Con estos cambios sucesivos el terror de Mimi creció, hasta apropiarse totalmente de ella, aunque logró controlarse a sí misma al punto de que no gritó.

Lady Arabella siguió a Caswall cuando este se recuperó lo suficiente como para levantarse y orientar sus vacilantes pasos con dirección a *Castra Regis*. Luego, cuando Mimi se quedó sola con Lilla y se detuvo la tensión de la batalla, se sintió enferma y temblorosa. En su mente, lo atribuyó al repentino cambio climático ya que por momentos era evidente la llegada de una tormenta.

Mimi alzó la cabeza de Lilla y la colocó sobre su cálido y joven pecho, pero todo fue en vano. Un escalofrío recorrió sus empalidecidos rasgos y se desmoronó totalmente cuando se dio cuenta que Lilla había pasado a mejor vida.

El crepúsculo bajaba gradualmente y las sombras de la noche comenzaban a cerrarse, pero Mimi no parecía darse cuenta o ponerle atención. Se quedó sentada en el suelo con los brazos rodeando el cuerpo de su amada prima. El cielo se iba oscureciendo cada vez más mientras la tormenta que se acercaba y la cerrada noche unieron sus fuerzas. Sin moverse, Mimi continuaba sentada, sola, sin lágrimas, y sin poder pensar. No supo cuánto tiempo permaneció allí. No pudo haber sido más tiempo de media hora, aunque a ella le parecieron siglos... De repente volvió en sí y le asombró darse cuenta de que su abuelo no había vuelto. Durante unos segundos se quedó quieta, recordando el pasado inmediato. Tenía aún entre sus manos, la mano de Lilla que para su extrañeza aún estaba tibia. Descubrir esto la ayudó a recobrar el sentido y a levantarse sin ningún esfuerzo particular de voluntad. Encendió una lámpara y observó a su prima. No cabía duda de que Lilla había muerto, pero cuando el brillo de la lámpara se posó sobre sus ojos, estos parecieron observar a Mimi con intención y de manera significativa. En este estado de oscura desolación, tomó una decisión que fue consolidándose hasta transformarse en un definido propósito. Iría a ver a Caswall y le pediría cuentas por el asesinato de su prima... así lo llamaba ella. También tomaría medidas para vengar la participación de lady Arabella, aunque no sabía cuáles ni cómo.

En este estado de ánimo, encendió todas las lámparas de la habitación, trajo agua y lienzo de su cuarto, y arregló con orgullo el cuerpo de Lilla. Esto le llevó algún tiempo, pero cuando terminó, se puso el sombrero y su capa, apagó las luces y silenciosamente se dirigió hacia *Castra Regis*.

Cuando llegó al Castillo, Mimi no notó ninguna luz salvo adentro y alrededor de la torre. Las luces le señalaban que el señor Caswall estaba allí, por lo que entró al vestíbulo cuya puerta estaba abierta, como de costumbre, y en las sombras buscó la escalera para subir a la torre. La puerta estaba entreabierta y a través de la abertura se observaba una fuerte luz en el interior. Entonces observó a Edgar Caswall, que incansablemente se movía de un lado a otro de la habitación con las manos agarradas a la espalda. Sin llamar empujó la puerta y entró al interior de la cámara. Una vez adentro, Caswall dejó de pasear y la miró con sorpresa. Mimi no hizo comentarios ni observaciones, sino que siguió observándolo fijamente.

Durante un instante reinó el silencio y los dos permanecieron observándose fijamente el uno al otro. Mimi fue la primera en hablar.

—¡Asesino! ¡Lilla ha muerto!

—¡Dios mío! ¡Dios misericordioso! ¿Cuándo?

—Murió esta tarde, inmediatamente después de que usted se fuera.

—¿Usted está segura?

—Sí y usted también debería estarlo. ¡Usted la mató!

—¡Que yo la maté! ¡Mucho cuidado con sus palabras!

—Es tan verdadero como que Dios nos ve y usted lo sabe. Usted llegó a *Mercy Farm* con la intención de hacerla estallar. Y la cómplice de su crimen, lady Arabella March, fue con igual intención.

—¡Mujer, tenga cuidado! —dijo Caswall violentamente—. No use esos términos o sufrirá las consecuencias.

—Sufro, he sufrido, y sufriré por esa razón. No por decir la verdad, como estoy haciendo ahora, sino porque ustedes dos, con diabólica intención, han hecho morir a mi amada prima. Usted y su cómplice son los que deben sufrir el castigo, yo no.

—¡Tenga cuidado! —volvió a decir el hombre.

—¡Oh!, no le tengo miedo a usted ni a su cómplice —contestó Mimi con energía—. Me compensa sostener cada una de las palabras que he mencionado y cada una de las acciones que he efectuado. Además, creo en la justicia divina. No me asusta la molienda de sus molinos y si es necesario, yo misma pondré en movimiento las ruedas. A usted no le importa Dios, ni cree en él. Su dios es esa gran cometa, que ha asustado a todos los pájaros de nuestra región. Pero tenga la certeza de que la mano de Dios, cuando se alza, caerá ineludiblemente en el momento justo. Es posible que su nombre esté siendo reclamado en este mismo momento frente al Gran Tribunal. Arrepiéntase mientras esté a tiempo. Afortunado, si se le permite entrar en esos grandes salones, acompañado por el ángel de las almas puras, cuya voz solo tiene que mencionar una palabra de justicia para que usted se pierda para siempre en el tormento eterno.

La inesperada muerte de Lilla llenó de desconsuelo a los parientes y amigos de Mimi. Adam y *sir* Nathaniel habían previsto que la venganza del gusano blanco caería sobre ellos, pero no esperaban semejante desgracia.

Adam permitió que su esposa actuara de acuerdo a sus propios deseos en lo referente a Lilla y a su abuelo. Mientras, él se ocupó de llenar el pozo con la arena fina dispuesta para tal fin, tomando la previsión de ir lanzando a intervalos fijos, cargas de dinamita listas para su explosión final. Tenía bajo sus órdenes directas una cuadrilla de obreros, y *sir* Nathaniel lo ayudaba ya que había venido con ese objetivo, estableciendo todos su residencia en *Lesser Hill*.

El anciano señor Salton también se mostró muy interesado en aquellas labores e iba y venía, permanentemente, sin dejar escapar nada de su observación.

Desde su matrimonio con Adam y la mudanza de ambos a *Doom Tower*, Mimi se encontraba paralizada por el miedo al terrible monstruo de "La arboleda de Diana".

Pero ya había dejado de temerle. Y admitía el hecho de que cuando quería podía tomar la forma de lady Arabella. Aún tenía que censurarla y reprocharle por el rol que había desempeñado en el sufrimiento de Lilla y especialmente por su participación en la muerte de su prima.

Una noche, mientras Mimi entraba en su habitación, se acercó a la ventana y lanzó una impaciente mirada a la vista que se le mostraba. De una ojeada descubrió con satisfacción que el gusano blanco no era visible *in propria persona*. Así que se sentó en el asiento ubicado en el hueco de la ventana y disfrutó de la vista completa, que durante tanto tiempo le había estado prohibida. La doncella responsable de servirle le señaló que el Señor Salton no había vuelto a casa todavía y Mimi se sintió feliz de gozar en paz de aquella tranquilidad.

Pero mientras observaba por la ventana, vio algo blanco y grácil que avanzaba por la avenida. Reconociendo la figura de lady Arabella, se ocultó de inmediato detrás de la cortina. Después de asomarse varias veces a escondidas y cuando se aseguró de que lady Arabella no la había visto, observó con más detalle y su instintivo odio por aquella mujer volvió a aflorar solo con verla. Lady Arabella avanzaba veloz y furtivamente, mirando de vez en cuando hacia atrás y alrededor suyo, como si temiera ser vista. Mimi se dio cuenta de que sus intenciones no podían ser buenas y decidió aprovechar el momento para observarla con más detalle.

Rápidamente, Mimi se puso su capa oscura y su sombrero, corrió escaleras abajo y salió hacia la calle. Lady Arabella se había alejado un poco, pero aún podía notarse el brillo de su vestido blanco entre los jóvenes robles que se encontraban en la entrada. Manteniéndose oculta, Mimi la siguió, tratando de no acercarse mucho para no levantar sus sospechas. Así podía espiar su disimulada marcha en dirección a *Castra Regis*. Sin interrupción, la siguió entre los árboles en penumbra, ayudada por el brillo del vestido blanco que le servía de guía. El bosque comenzó a hacerse más denso y en un instante, cuando el camino se amplió y los árboles volvieron a estar más separados, había perdido de vista cualquier señal de su paradero. En aquellas circunstancias no le era posible hacer nada más, así que después de aguardar un rato escondida en la sombra para ver si lograba ver de nuevo el vestido blanco, decidió ir muy despacio hacia *Castra Regis*, confiando en que alguna casualidad le permitiera volver a encontrar una señal. Avanzó lentamente, aprovechando cada obstáculo y cada sombra que pudiera cubrirla, hasta que entró en los terrenos del castillo por una dirección desde la que apenas podían verse las ventanas de la torre. No volvió a ver ni la sombra de lady Arabella.

Mientras tanto, la mayor parte del tiempo en que Mimi Salton había estado moviéndose en las sombras con tanta cautela, era lady Arabella quien realmente la estaba siguiendo, ya que la había visto cuando salió de la casa y nunca perdió el contacto visual con ella. Era la típica historia del cazador cazado. Al comienzo, las infinitas vueltas de Mimi y la gran cantidad de obstáculos le causaron ciertos problemas a lady Arabella, pero cuando ambas estaban cerca de *Castra Regis*, ya no quedaban posibilidades de escondite y la particular doble persecución continuó rápidamente.

Cuando lady Arabella vio a Mimi cruzar la puerta de entrada a *Castra Regis*, y comenzó a subir los escalones, la siguió. Mimi penetró al oscuro vestíbulo y al subir las escaleras, aún creía que iba detrás de lady Arabella cuando en verdad ella era la perseguida. Cuando alcanzó el rellano al que daban las habitaciones de la torre, Mimi estaba segura de que el objeto de su persecución iba adelante de ella.

Edgar Caswall se encontraba sentado a oscuras en la inmensa habitación, y eventualmente, cuando las nubes a la deriva despejaban algún claro en el cielo que era barrido por la tormenta, se estimulaba su curiosidad. Pero en aquel momento nada le importaba realmente. Desde que supo de la muerte de Lilla, las sombras de sus remordimientos reforzados por los reclamos de Mimi, habían excitado su carácter cruel, egoísta y consternado. Tampoco lograba escuchar nada, pues sus capacidades normales se hallaban entorpecidas.

Cuando llegó a la puerta que se encontraba entreabierta, Mimi dio un leve golpecito. Tan leve que no llegó a los oídos de Edgar Caswall. Entonces, se armó de coraje, empujó con audacia la puerta y entró. En ese momento su corazón sucumbió, porque se encontró frente a frente con un problema que en su estado de alteración mental, no había sospechado.

XXVII. En el tejado de la torre

La tormenta que se encontraba en camino comenzaba a manifestarse, no solo en la inmensa extensión de la naturaleza sino, además, en los corazones de los seres humanos. Las alteraciones eléctricas en el cielo y en la atmósfera se manifestaban en cualquier tipo de animales y, en particular, en las especies más evolucionadas, más receptivas y más eléctricas. A pesar de su naturaleza egoísta y su sangre fría, esto le sucedía a Edgar Caswall. Igual le sucedía a Mimi Salton, a pesar de su inalterable carácter bondadoso hacia aquellos que amaba. Y hasta lady Arabella, con sus instintos de serpiente primigenia, toleraba los cambiantes deseos y hábitos de la condición femenina, que siempre integra lo viejo con lo nuevo.

Después de haber dirigido su mirada hacia Mimi, Edgar volvió a adoptar su posición indolente y su taciturno silencio. Mimi se sentó tranquilamente en un lugar algo alejado, desde donde podía observar el desarrollo de la tormenta y analizar su aspecto a lo largo del horizonte visible de la cercanía. Se sentía de mejor y más animado humor que en todos los días precedentes. Lady Arabella trató de esconderse detrás de la puerta que se encontraba abierta.

Afuera, las nubes se iban tornando cada vez más densas y más oscuras a medida que se avecinaba el centro de la tormenta. Hasta ese momento la fuente de los relámpagos se hallaba alejada y el silencio de la naturaleza anunciaba la calma que precede a la tempestad. Caswall sentía los efectos de la electricidad acumulada. Una cierta satisfacción salvaje crecía dentro de él, muy parecida a la que muchas veces había experimentado momentos antes del comienzo de una tormenta tropical. Cuando se dio cuenta, alzó la cabeza y observó a Mimi. Se hallaba atrapado por una emoción que era mayor que él, tal era su condición que sentía la necesidad de hacer algo desesperado. Nada le importaba y como relacionaba a Mimi con esos recuerdos que lo acosaban, pensó que ella también debía ser parte de esa empresa. Desconocía la cercanía de lady Arabella y creyó que estaba lejos de todos aquellos que conocía, y de cuyos intereses participaba, pensó que se encontraba solo con los elementos rabiosamente desatados y con la mujer que se había enfrentado contra él y lo había vencido. La mujer sobre quien quería derramar todo el poder de su odio.

La situación era que Edgar Caswall si no estaba loco, se encontraba al borde de la locura. En sus primeros grados —la monomanía— la locura es una pérdida del equilibrio. Cuando es general, no siempre es apreciable, ya que el simple espectador no posee términos de comparación. Pero en la monomanía la capacidad de divagación se supera a sí misma de una manera indiscutible. Niega, ensombrece y ocupa el lugar de todo lo demás, igual que la cabeza de un alfiler, si es puesta frente a la pupila, obstruirá la visión por completo. Por lo general, la forma más común de monomanía muestra los mismos síntomas que sufría Edgar Caswall, entre ellos, una desmedida percepción de la propia importancia. Los especialistas que han estudiado en detalle este tema, con seguridad saben más sobre la vanidad del hombre y sus consecuencias que gran parte de la gente común. El disturbio mental que sufría Caswall era fácil de reconocer. Los manicomios están repletos de casos parecidos. Hombres y mujeres de carácter egoísta y arrogante, que se creen tan importantes que cualquier incidencia de la vida debe someterse a ellos. La enfermedad, en sí misma, fomenta este proceso de autoendiosamiento. Cuando el mal afecta a una naturaleza presuntuosa, egoísta y vacía, que no posee la capacidad y el hábito del autocontrol, el daño es más rápido y alcanza límites exagerados. Estas son personas que llegan a creer la idea de que tienen los poderes del Todopoderoso y hasta pueden llegar pensar que ellos mismos son Dios.

Mimi sospechaba —o tal vez, tenía la intuición— del verdadero estado de los hechos cuando escuchó hablar a Caswall y cuando observó el anormal rubor de su cara y sus ojos que parecían que se iban a salir de sus órbitas. En sus palabras había una pérdida del orden lógico que ella no había reconocido antes, así como un raciocinio vivo y convulsivo más cercano a la locura que al equilibrio intelectual. Se sentía un poco asustada, no tanto por lo que pensaba, sino por la forma incoherente en que se expresaba.

Caswall se dirigió hacia la puerta que llevaba a la escalera de la torre por donde se llegaba al tejado y le dijo a Mimi de manera tajante y con un tono que fue suficiente para lograr que se sintiera amenazada.

—¡Venga! La necesito.

Mimi retrocedió por instinto. No estaba habituada a tales palabras y menos a semejante tono. Su respuesta fue la señal de una nueva batalla.

—¿Por qué tengo que ir? ¿Cuál es el motivo?

Caswall no respondió de inmediato, lo cual era otra muestra de su excesivo egoísmo. Así que Mimi repitió las preguntas y la costumbre hizo valer sus derechos. Caswall, sin pensarlo, expresó las palabras que tenía en su corazón.

—La necesito. ¿Sería usted tan amable de acompañarme al tejado de la torre? Estoy muy interesado en ciertos experimentos con la cometa, que si no son un placer para usted, al menos podrían ser una nueva experiencia.

—Iré con usted —respondió ella con simplicidad. Edgar fue hacia la escalera, mientras ella lo seguía de cerca.

A Mimi no le agradaba la idea de quedarse sola y a oscuras en semejante lugar y a semejante altura, y menos con una tormenta a punto de estallar. Caswall ya no le daba miedo. Aquel miedo que sentía por él parecía haber terminado después de sus dos victorias en la lucha de voluntades. Por otro lado, su más reciente apreciación de la locura de Caswall, también desapareció. Durante los últimos minutos de conversación lo notó tan racional, tan seguro y tan inofensivo, que Mimi entendió que no tenía razones para dudar de él. Tan segura estaba que, cuando Caswall le dio la mano para ayudarla a subir la inclinada y delgada escalera, la tomó sin pensarlo, de la forma más espontánea posible.

Lady Arabella, que estaba oculta detrás de la puerta en el vestíbulo, escuchó todas las palabras que se dijeron y se hizo una opinión propia. Le parecía notar que entre ambos se había generado algún tipo de acercamiento, a pesar del reciente antagonismo mutuo, y eso la inundaba de una frenética ira. ¡Mimi se estaba interponiendo en sus planes! Se sentía segura de poder atrapar a Edgar Caswall y no pensaba tolerar que la más pequeña y caprichosa fantasía por parte de él lo alejara del objetivo que ella se había propuesto.

Cuando descubrió que Edgar quería que Mimi lo acompañara hasta el tejado de la torre y que la joven estuvo de acuerdo, su rabia excedió todos los límites. Omitiendo ciertas consideraciones menores, olvidó el peligro corría en un sitio tan visible a semejante hora, por lo que decidió interrumpirlos. Lady Arabella se deslizó secreta y silenciosamente por la pequeña puerta, y después de subir las escaleras, llegó hasta el tejado. Hacía un frío cortante. El furioso viento de la tormenta golpeaba la torre y se introducía por cualquier ranura despejada silbando en las esquinas angulosas y susurrando alrededor del tembloroso mástil de la bandera. La cuerda de la cometa y la guía que controlaba los "mensajeros" competían produciendo sonidos por demás peculiares —seguramente, a causa de la violencia que los rodeaba y actuaba en toda su magnitud— que en cierta manera componían una extraña armonía, un acompañamiento perfecto para la tragedia que estaba a punto de suceder.

El corazón de Mimi latía con fuerza. Poco antes de dejar la habitación de la torre ella sufrió una impresión de la que no lograba recuperarse. Cuando salieron juntos, las luces de la habitación le mostraron por un instante el rostro de Edgar, tan concentrado como los días que trató de usar sus poderes mesméricos. Ahora, sus oscuras cejas formaban una línea gruesa que le cruzaba la cara, debajo de la cual sus ojos resplandecían y chispeaban abominablemente. Mimi reconoció el peligro y adoptó la conducta provocativa que le había sido tan útil en las ocasiones anteriores. Temía que las condiciones y el escenario estuvieran en su contra por lo que quería estar alerta anticipadamente.

El cielo había aclarado un poco, lo cual podía ser una señal de que había relámpagos a lo lejos cuyas luces eran traídas por las nubes volantes, o de que la fuerza contenida de la tormenta, ya antes de abrirse en descargas eléctricas, poseía una rudimentaria capacidad luminosa. Esto parecía influir sobre ambos, especialmente sobre Edgar, que se encontraba absolutamente bajo su influencia. Su humor se encontraba alterado y su mente ofuscada. Había alcanzado lo peor, se encontraba más loco que antes.

Tratando de mantenerse lo más alejada posible de él, Mimi avanzó por el piso de piedra de la habitación de la torre y halló un nicho donde logró ocultarse muy cerca del escondite de lady Arabella.

Edgar, solo en el centro del tejado se sentía completamente dueño de sí mismo, de una manera tal, que tendía a aumentar su locura. Sabía que Mimi se encontraba al alcance de su mano aunque no lograra verla. Comenzó a hablar en voz alta y el sonido de su voz —aunque el viento se lo arrancaba tan rápido como pronunciaba sus palabras— parecía excitarlo aún más. La misma furia de los elementos parecía favorecer ese estado de exaltación. Para Caswall, todas las manifestaciones atmosféricas cumplían con su propia voluntad. Había alcanzado el más alto grado de la locura y pensaba que, efectivamente, él era el Todopoderoso y que cualquier cosa que pudiera ocurrir no sería otra cosa que la ejecución de sus propios deseos. Como no lograba observar a Mimi, ni fijar su posición, gritó fuertemente.

—¡Venga conmigo! Ahora podrá ver lo que antes rechazó, aquello contra lo que luchó. Todo lo que observará me pertenece, tanto las sombras como la luz. Reconozca que soy más grande que cualquier persona del pasado, del presente o del futuro. Cuando el Señor del Mal llevó a Cristo a un lugar elevado para mostrarle todos los reinos de la tierra, estaba haciendo lo que pensaba que solo él podía hacer, pero estaba equivocado, él se olvidó de *Mí*. Voy a dejarle ver una luz que iluminará hasta las mismas paredes del cielo. Una luz tan poderosa que dispersará esas nubes negras que se arrojan y agrupan a nuestro alrededor. ¡Mire! ¡Mire! Con el simple toque de mi mano la luz se hará y se elevará cada vez más alto.

Mientras hablaba, Caswall avanzaba hacia la esquina de la torre donde estaba suspendía la cometa gigante y desde donde se elevaban los "mensajeros". Mimi observaba aterrada y con miedo de hablar, no fuera que al hacerlo provocara algún desastre, y escondida en su nicho, lady Arabella estaba paralizada con un ataque de terror.

Edgar alzó una caja de madera pequeña, por la que pasaba el alambre de los "mensajeros" a través de un orificio. Era evidente que debió poner a funcionar alguna maquinaria, ya que se escuchó un ruido sordo parecido a un zumbido. Por uno de los lados de la caja salió lo que parecía ser una cinta tiesa que rechinaba y crujía cuando era sacudida por el viento. Durante unos instantes Mimi la vio elevarse a lo largo de la arqueada cuerda de la cometa y, cuando ya se encontraba muy cerca de esta, se escuchó un sugestivo estruendo y de repente apareció una luz que provenía de las grietas de la caja. Inmediatamente, una repentina llama deslumbró a lo largo de la crujiente cinta, brillando intensamente. Su luz era tan poderosa que toda el área cercana sobresalía contra el fondo de oscuros nubarrones. La luz perduró por algunos segundos y luego se esfumó repentinamente en la oscuridad de la noche. Se trataba de un simple fogonazo de magnesio, que había sido activado por el mecanismo interior de la caja y transportado hasta lo alto de la cometa. Edgar seguía en un impetuoso estado de agitación, dando gritos a voz en cuello y saltando igual que un lunático.

Aquello era más de lo que podía tolerar la particular y doble naturaleza de lady Arabella. Su carácter bestial se manifestó triunfante y descartó la idea de casarse con Edgar Caswall, deleitándose diabólicamente mientras pensaba en el modo de vengarse.

Bajo engaño, tenía que llevarlo hasta el pozo del gusano blanco, pero ¿cómo? Observó a su alrededor y con rapidez tomó la decisión. Toda la mente de Caswall estaba fija en aquella extraordinaria cometa que le mostraba con orgullo a su supuesta rival, Mimi, para sorprenderla en aquel momento.

En un segundo, avanzó entre las sombras hacia el lugar donde estaba enroscada la cuerda de la cometa. Con dedos muy hábiles, desmontó el carrete y se lo llevó, soltando el alambre en la medida que se movía sin perder el control de la cometa en ningún momento. Después avanzó velozmente hacia la puerta, la cruzó y la cerró antes de marcharse.

Cuando bajó la escalera de la torre empezó a correr a toda velocidad, cruzó el vestíbulo y salió hacia la calle. Muy pronto alcanzó su propia entrada, corrió por el sendero y con la llave abrió la pesada puerta de hierro que conducía directo a la boca del pozo.

Se sentía orgullosa de sí misma. Todos sus planes se estaban ejecutando o ya estaban ejecutados. El dueño de *Castra Regis* estaba bajo su dominio. La mujer cuya presencia le había causado más temor, Lilla Watford, había muerto. Ciertamente, todo marchaba bien, y lady Arabella sintió que podía hacer una pausa para reposar. Con sus dedos febriles se arrancó la ropa y disfrutando de su libertad natural, estiró su delgada figura con placer animal. Luego se acostó en el sofá para esperar a su víctima. En muy breves momentos la sangre de Edgar Caswall la hartaría por completo.

XXVIII. EL ESTALLIDO DE LA TORMENTA

Cuando lady Arabella escapó furtivamente y, como siempre, en total silencio, los otros dos continuaron durante un rato en sus lugares en el tejado. Caswall, porque no tenía nada que decir, y Mimi, porque tenía muchas cosas que decir y necesitaba poner en orden sus ideas. Durante ese rato, que parecía interminable, solo hubo el silencio entre ellos. Sin embargo, Mimi, tomó una decisión y empezó a hablar.

—Señor Caswall —dijo en voz alta, para estar segura de que Edgar la escucharía a pesar de los bramidos del viento y los permanentes truenos de las descargas eléctricas.

Caswall murmuró algo como respuesta, pero sus palabras se las llevó el viento. No obstante, Mimi había logrado uno de sus objetivos, ahora sabía en qué lugar del techo se hallaba él con exactitud. Como resultado, fue acercándose lentamente en esa dirección antes de volver a decir algo elevando la voz casi hasta gritar.

—La puerta está cerrada y no puedo salir. Por favor, ábrala.

Mientras decía esto comenzó a palpar tranquilamente un revólver que Adam le había entregado para casos de emergencia y que tenía escondido en el pecho. Tenía la sensación de que había caído en una trampa pero no pensaba dejarse agarrar desprevenida, sin importarle lo que ocurriera. Caswall también se sintió atrapado y el bruto que anidaba dentro de él surgió frente a la emergencia. Con voz ronca y feroz, Edgar habló entre dientes y sus palabras se intercalaban entre los rugidos de la tormenta.

—Usted llegó aquí por su cuenta. No me pidió permiso. Ahora puede permanecer o largarse según se le antoje. Pero tendrá que resolverlo por sí misma, yo no tengo nada que hacer con usted.

La respuesta de Mimi surgió con imprudente suavidad:

—Me voy. Hágase responsable si este momento y esta situación no son de su agrado. ¡Ojalá mi marido, Adam, tenga algo que mencionar al respecto!

—Que diga lo que quiera y que lo maldiga el demonio. ¡Y a usted también! Le permitiré ver con claridad y no podrá decir usted que no tenía idea de lo que estaba haciendo.

Mientras hablaba encendió otro pedazo de la cinta de magnesio, produciendo una luz fuerte y cegadora con la que se podía observar claramente hasta el más mínimo detalle. La oportunidad le vino muy bien a Mimi. Revisó cuidadosamente la puerta y el cerrojo antes de que el resplandor desapareciera. Luego extrajo su revólver y disparó sobre la cerradura, la cual voló instantáneamente en mil pedazos que saltaron en todas direcciones sin que, afortunadamente, le provocaran heridas a nadie. De inmediato, empujó la puerta y bajó por la angosta escalera hasta alcanzar la puerta del vestíbulo. Abrió también esta y corrió por el camino, sin reducir su velocidad hasta llegar a las puertas de *Lesser Hill*. La puerta se abrió de inmediato como respuesta cuando llamó.

—¿Llegó el señor Salton? —preguntó Mimi.

—Llegó hace pocos minutos. Subió al estudio —respondió el criado.

Mimi corrió de inmediato escaleras arriba para encontrarse con su marido. Adam se mostró aliviado al verla, pero analizó su cara a fondo. Al darse cuenta de que había experimentado algún apuro, la llevó al sofá junto a la ventana y se sentó con ella.

—Querida, ahora cuéntamelo todo —dijo Adam.

Casi sin aliento, Mimi le narró todos los detalles de su experiencia en el techo de la torre. Adam la escuchó atentamente, dándole el apoyo que podía y sin molestarla con preguntas. Su atención y silencio fueron de gran ayuda para ella, pues así logró agrupar y poner en orden sus pensamientos.

—Mañana tendré que ir a ver a Caswall para oír lo que tenga que decirme sobre el asunto.

—Pero Adam, no pelees con Caswall, por favor, hazlo por mí. Últimamente, ya he sufrido demasiadas aflicciones y tristezas para desear que aumenten al preocuparme por ti.

—Querida Mimi, no tendrás nada más por qué preocuparte si yo puedo evitarlo, ¡así lo quiera Dios! —exclamó Adam con solemnidad y la besó.

Entonces, con el propósito de entretenerla y ayudarla a olvidar los miedos y ansiedades que había experimentado, Adam empezó a hacer observaciones sobre los detalles de su aventura, e hizo astutos comentarios para captar y mantener su atención. Después de un rato, *inter alia*, Adam señaló,

—El juego en que está metido Caswall es bastante peligroso. Creo que ese joven —aunque él no se está dando cuenta— va directo hacia su ruina.

—Pero ¿cómo, querido? No lo entiendo.

—Una cometa volando en una noche como esta, desde un lugar como la torre de *Castra Regis* es, por no señalar algo peor, muy peligroso. No es simplemente que esté buscando la muerte o que ocurra un accidente, sino que está atrayendo los rayos a su propio castillo. Cada nube que descargue esta noche —y deben de ser muchas— está obligada a generar un rayo. Al estar en el aire, la cometa actuará atrayendo el rayo y su cuerda servirá como cable de conducción a tierra. Si esto ocurre, detonará la cima de la torre con una fuerza cien veces mayor que la de un parque completo de artillería y *Castra Regis* quedará reducida a pedazos. Por dónde continuará el rayo, nadie puede saberlo. Si encuentra algún metal por el cual desplazarse, este no solo le mostrará el camino, sino que él mismo será el camino.

—¿Y será peligroso encontrarse al aire libre cuando eso ocurra? —preguntó Mimi.

—No, querida. Será el lugar más seguro de todos, siempre y cuando, uno no se interponga en la línea de conducción de la descarga eléctrica.

—Entonces, quedémonos afuera. No deseo correr ningún riesgo en vano, y menos aún, que tú corras alguno por mí. Si al aire libre vamos a estar más seguros, lo más conveniente es que nos quedemos afuera.

Sin decir nada más, Mimi volvió a colocarse la capa y una gorra bien ajustada. Adam también se colocó su gorra y, después de comprobar que su revólver estaba preparado, tomó la mano de Mimi y juntos salieron de la casa.

—Creo que será mejor que nos acerquemos a los lugares que están envueltos en esta historia.

—Está bien, querido, yo estoy lista. Pero, si no te importa, ¿podemos pasar antes por *Mercy Farm?* Estoy muy preocupada por mi abuelo y quisiera estar segura de que no le ha pasado nada, al menos hasta ahora.

Así que tomaron el inclinado camino que lleva a la cima del Brow. El viento soplaba muy fuerte y producía un particular sonido hueco cuando barría en lo alto, además del rumor y el desgarramiento cuando pasaba entre las ramas de los delgados árboles que se hallaban a ambos lados del camino. Mimi con dificultad lograba mantenerse en pie. No sentía miedo, pero la fuerza contra la que se estaba enfrentando le daba una muy buena excusa para agarrarse fuertemente de su marido.

En *Mercy Farm* no había nadie despierto, al menos, las luces se encontraban todas apagadas. Para Mimi, que sabía cuáles eran los hábitos de la casa, era una clara señal de que todo estaba bien, salvo en la pequeña habitación del primer piso, cuyas persianas no estaban levantadas. Mimi no podía mirarla, ni pensar en ella. Adam entendía su dolor porque él también había estado muy preocupado por la pobre Lilla. Se inclinó sobre su esposa y le dio un beso, después tomó su mano y la apretó con fuerza. Así, continuaron caminando juntos, de regreso al camino hacia *Castra Regis*.

Cuando llegaron a la puerta del castillo fueron en extremo prudentes. Al acercarse, Adam tropezó con el alambre que lady Arabella había dejado atravesado en el camino.

Adam aguantó la respiración, y exclamo con un débil y temeroso susurro,

—Mimi, no deseo asustarte, querida, pero por donde circula el alambre hay peligro.

—¡Peligro! ¿Cómo?

—Ese alambre es el camino que recorrerán los rayos. En cualquier instante, inclusive ahora mientras hablamos e investigamos, una poderosa fuerza puede caer sobre nosotros. Querida, corre, ya sabes el camino donde la calle se cruza con la carretera principal. Si ves el más mínimo rastro de alambre, por el amor de Dios, apártate. Nos encontraremos de nuevo en el portón de entrada.

—¿Y vas a seguir tú solo ese alambre?

—Sí, Mimi. Una sola persona es suficiente para hacerlo. No voy a perder ni un instante hasta estar nuevamente contigo.

—Adam, cuando salimos al aire libre, mi principal deseo era que nos encontráramos juntos si algo serio ocurría. No puedes privarme de ese derecho, ¿verdad que no, querido?

—No, amada mía, ni ese derecho ni ningún otro. ¡Gracias a Dios que es mi mujer quien ha tenido semejante deseo! Está bien, iremos juntos. Nos encontramos en manos de Dios. Si él así lo desea estaremos juntos hasta el último momento, cuándo o dónde sea.

Siguieron la línea del alambre sobre los escalones y continuaron en su avance por la calle, teniendo mucho cuidado de no tocarlo con los pies. Era muy fácil seguirlo porque aquel alambre, aunque no era brillante, poseía un color propio y destacaba claramente. Continuaron más allá del portón de entrada y por el sendero de "La arboleda de Diana".

En este lugar, una nueva inquietud cubrió el rostro de Adam aunque Mimi no entendía los motivos para ello, pero era muy sencillo de explicar. Adam conocía de los trabajos realizados con explosivos en la boca del pozo, pero había mantenido el tema en secreto a su mujer. Al acercarse a la casa, Adam le pidió a Mimi que volviera al camino, supuestamente, para observar la trayectoria del alambre, pues según él tenía que existir otra línea en alguna parte. Debía buscarlo entre los matorrales y, si lo encontraba, avisarle con el tradicional grito australiano "¡Cu-íi!"

Antes de alejarse, un brillante relámpago alumbró durante varios segundos la gran extensión del cielo y la tierra. Era la primera nota de un concierto celestial que fue seguida por una veloz sucesión de infinidad de relámpagos, durante la cual el estruendo y el retumbar de los truenos eran continuos.

Adam, espantado, abrazó a su esposa y la apretó contra su cuerpo. Por el lapso de tiempo que separaba el trueno del relámpago, logró calcular que el corazón de la tormenta aún se encontraba algo distante, por lo que de momento, no sintió en peligro su seguridad. No obstante, estaba claro que la tormenta avanzaba velozmente en dirección a ellos. Los rayos eran más y más seguidos y caían cada vez más cerca. El retumbar de los truenos era casi permanente, no se detenía ni un instante, y cada nuevo estallido comenzaba antes de que se hubiera detenido el anterior. Adam continuó observando en dirección de la cometa, que batallaba por librarse de la cuerda que la sostenía. Pero la oscuridad de la noche no lo dejaba examinarla con detalle.

De repente, cayó un rayo tan tremendamente brillante, que bajo su resplandor la naturaleza pareció detenerse. Duró tanto, que dio tiempo para reconocer su conformación. Era como un gran árbol invertido, que colgaba del cielo. Toda la región adyacente, hasta donde podía observarse, se encontraba tan iluminada que parecía brillar. Entonces, una inmensa lengua de fuego cayó sobre la torre de *Castra Regis* en el momento justo en que estallaba un trueno. Bajo el prolongado resplandor del rayo, Adam pudo notar cómo la torre se mecía, temblaba y finalmente caía igual que un castillo de naipes. El paso del relámpago dejó el cielo oscuro de nuevo, pero una llamarada azul cayó de la torre y con pasmosa rapidez, corriendo por el suelo directo hacia "La arboleda de Diana", alcanzó la sombría y callada casa, que de inmediato comenzó a arder por cientos de lugares diferentes.

En ese preciso instante emergió de la casa un aterrador y crepitante ruido de maderas rotas y esparcidas, unido a un agudo alarido tan espantoso, que Adam, aunque era valiente sin duda alguna, sintió que se le congelaba la sangre. Por instinto, a pesar del peligro y del conocimiento que tenían de él, marido y mujer se abrazaron, mientras temblando seguían escuchando. *Algo* se dirigía hacia ellos, oculto, aterrador, sombrío. Los chillidos continuaban, aunque algo más sordos, como amortiguados. En medio de ellos se escuchó una espantosa explosión, que en apariencia venía de las profundidades de la tierra.

El fuego de *Castra Regis* y de "La arboleda de Diana" iluminaba todo el espacio igual que si fuera de día y, ahora, que los relámpagos habían dejado de encandilarlos, podían observar el paisaje con todos sus detalles. El calor del fuego hizo que las puertas de hierro se arquearan y se derrumbaran. Como si estuvieran de acuerdo cayeron juntas mostrando el interior de la estancia. Los Salton pudieron ver ahora en la habitación más lejana, donde se encontraba la boca del pozo, un delgado e insondable abismo circular desde cuyas profundidades subían los moribundos chillidos, que se incrementaban de manera terrible según transcurría el tiempo.

Pero no eran solamente aquellos aterradores chillidos lo que helaba la sangre de la asustada Mimi. Lo que vio allí fue suficiente para invadir el resto de su vida con espantosas pesadillas...

Infinidad de fragmentos resultados de la explosión estaban cubiertos de una piel escamosa como la de un gran lagarto o serpiente. Una sola vez, en un cierto momento de calma o reposo, el agujero vomitó su hirviente contenido como si fuera una burbujeante fuente y Adam vio cómo surgió a la superficie un pedazo de la delgada figura de lady Arabella en medio de una masa de fango. Aquello que alguna vez fue un monstruo ahora estaba hecho jirones. En varias oportunidades más y con una violencia extraordinaria, desde la boca del pozo fueron lanzadas masas gigantescas que, expandiéndose de pronto al estar en un espacio abierto, mostraron los fragmentos del gusano blanco que Adam y *sir* Nathaniel habían visto deslizarse entre los árboles con sus inmensos ojos verde esmeralda que brillaban fluctuantes, igual que las grandes lámparas en medio de la tormenta.

Finalmente, la fuerza de las explosiones, que aún no habían terminado, alcanzó evidentemente la principal reserva de dinamita ubicada en la parte más honda del pozo y el resultado fue aterrador.

Una gran extensión de tierra alrededor tembló y se abrió en extensas y profundas grietas, cuyos bordes se sacudieron lanzando hacia arriba grandes nubes de arena que volvían a caer silbando entre las aguas ascendentes. La inmensa construcción se sacudió hasta sus mismas bases. Colosales piedras fueron lanzadas hacia arriba igual que un volcán, muchas de ellas escuadradas y talladas con instrumentos empleados por manos humanas y desmembradas y rotas como por alguna fuerza infernal. Los árboles vecinos a la casa —en especial aquellos ubicados encima del pozo que lanzaba hacia arriba nubes de arena y vapor acompañadas de una espeluznante y enfermiza fetidez— fueron desprendidos de raíz y lanzados por los aires. De pronto, furiosamente, las ruinas estallaron en llamas tan amenazadoras que Adam tomó a su esposa de la mano y juntos escaparon de su proximidad.

La catástrofe se detuvo tan bruscamente como había empezado, aunque durante un tiempo un profundo estruendo siguió escuchándose de forma intermitente. Luego, el silencio se adueñó de todo. Un silencio tan absoluto que parecía poder escucharse. Que parecía materializar las tinieblas. Que daba esa impresión a todos aquellos que se encontraban dentro de su radio de acción. Fue un descanso para los jóvenes que habían experimentado el prolongado terror de esta terrible noche. Un descanso que pareció aumentar cuando las primeras luces rojizas del amanecer surgieron por el este, por encima del alejado mar, que traía consigo la promesa de un nuevo orden de cosas para los días futuros.

Adam Salton no visitó su cama durante lo que quedó de aquella noche. Él y Mimi tomados de la mano y bajo la magnífica aurora, siguieron el curso del acantilado hasta *Castra Regis* y luego hasta *Lesser Hill*. Lo hicieron intencionadamente, tratando de no pensar más en los espantosos sucesos de la noche. La mañana se mostraba clara y alegre, como suele suceder después de una catastrófica tormenta. Las nubes, que eran abundantes, no daban ya la habitual sensación de tristeza. La naturaleza resplandecía y aparecía llena de gozo, en definitivo contraste con los restos de ruina y desolación, consecuencia de las explosiones y del arrasador fuego.

La única prueba que quedó de la antigua e imponente mole de *Castra Regis* y de sus moradores fue un montón deforme de arquitectura deshecha, confusamente visible a través de la columna de pesado humo que marcaba el terreno del noble castillo. En cuanto a "La arboleda de Diana", fue inútil tratar de encontrar restos de la antigua construcción. Los robles de la arboleda aún se veían resaltar por encima de la nube de humo. Sus grandes troncos estaban firmes y erguidos como siempre, aunque las ramas más jóvenes se hallaban rotas, dobladas y desgarradas, con su corteza hecha tiras y las más pequeñas quebradas y sin hojas, dejando ver la arrasadora fuerza de la tormenta.

De la casa, la joven pareja no encontró el menor rastro, aunque se acercaron para buscarlo. Adam, resueltamente, le dio la espalda a aquella desolación y se alejó. Mimi, no solo estaba perturbada y alarmada, sino que estaba físicamente exhausta y a punto de quedarse dormida de pie. Adam la acompañó al dormitorio, la desvistió y la acostó en la cama, atendiendo que la habitación permaneciera bien iluminada por la luz del sol y reforzada con algunas lámparas. El único velo era una cortina de seda frente a la ventana para evitar la luz directa. Adam se sentó a su lado y tomó su mano, sabiendo que su presencia era la mejor ayuda y el mejor remedio para ella. Se quedó a su lado hasta que el sueño venció por completo su cansado cuerpo y entonces se retiró sin hacer ruido. Se dirigió al estudio donde encontró a su tío y a *sir* Nathaniel tomando una madrugadora taza de té, ampliando los puestos del improvisado desayuno. Adam les mencionó que no le había dicho a su esposa que volvería a los espantosos lugares de la noche anterior para evitar asustarla, ya que descansar y dormir sin saberlo, la ayudarían a recuperarse y le serían como una tregua de paz entre tantos espantos.

Sir Nathaniel se mostró de acuerdo.

—Adam, sabemos —dijo—, que la desdichada lady Arabella ha muerto y que el pestilente cadáver del gusano blanco ha sido destrozado. Pidámosle a Dios que su maligna alma no logre escapar nunca más de los más profundos infiernos.

En primer lugar, fueron a ver "La arboleda de Diana" no solo porque estaba más cerca de *Lesser Hill*, sino en particular, porque era el sitio que demandaba una mayor descripción y Adam pensó que podía contar mejor su historia sobre el lugar de los hechos. A pleno día, la total destrucción de aquel lugar y de todo lo que podía verse de él era casi sorprendente. Para *sir* Nathaniel el espectáculo era, prácticamente, una historia de terror. Pero para Adam solamente se hallaba en los preámbulos. Sabía que al llegar al interior, sus acompañantes podrían ver aún mucho más. Ellos solo habían observado el exterior de la casa, o mejor dicho, el lugar donde antes se encontraba el exterior de la casa. Lo más espeluznante se hallaba dentro de esta. No obstante, la edad y la experiencia ganada también cuentan.

Un raro y casi imperceptible cambio de apariencia tuvo lugar en el lapso que transcurrió desde el amanecer hasta ahora. Era como si la misma naturaleza tratara de borrar las nefastas huellas de lo que había sucedido. En realidad, la total ruina de la casa era mucho más evidente bajo la penetrante luz del día, pero la más aterradora destrucción que ocurrió debajo de ella no era visible. Las quebradas y torcidas paredes parecían peor que antes. Los alterados cimientos, los aglutinados fragmentos de albañilería y las grietas en la tierra, daban una sensación decadente. El agujero del gusano blanco aún era visible, un profundo orificio que parecía alcanzar las mismísimas entrañas de la tierra. Sin embargo, las horrorosas masas de fango y los asquerosos restos de la agresiva muerte del gusano habían desaparecido totalmente. Es posible que alguna de las últimas explosiones haya hecho brotar desde las profundidades tal cantidad de agua que, aunque pestilente y corrupta, haya tenido un efecto limpiador y de arrastre que se haya llevado al descender nuevamente al abismo, los restos de aquel horror. Un polvillo gris, compuesto en parte por arena fina, en parte por escombros, lo cubría todo. Y aunque daba un aspecto sombrío, ayudaba a enmascarar aquello cuya visión hubiera sido todavía peor.

Después de algunos minutos de observación, se hizo evidente para los tres hombres que el caos de allá abajo no había finalizado aún. En cortos y poco regulares intervalos, parecía entrar en ebullición el maligno caldo de cultivo que se hallaba en el agujero. Subía, bajaba, se agitaba, mostrando en estado puro varios de los repugnantes detalles que anteriormente fueron visibles. La peor parte la tenían los grandes restos del cuerpo del colosal gusano, cuyo aspecto era asqueroso y sanguinolento. Estos trozos, que ya antes eran repugnantes, ahora presentaban una apariencia infinitamente peor. La descomposición hace presa —con una increíble velocidad— de aquellos seres vivos cuya muerte se debe total o parcialmente a los rayos. La masa completa parecía haberse descompuesto en un segundo. La superficie de los fragmentos, antes vivos, ahora estaba recubierta de insectos, gusanos y sabandijas de toda clase. La vista era de por sí bastante desagradable pero, con la suma del terrible olor, se hacía sencillamente insoportable. Del pozo del gusano blanco brotaba el hedor de la muerte en sus formas más asquerosas. Los tres hombres, en un impulso común, se alejaron en dirección a la cima del Brow, donde soplaba una deliciosa brisa que venía del mar.

Desde la cima del Brow, al bajar la vista, pudieron observar debajo de ellos una masa blanca y radiante, que extrañamente parecía fuera de lugar en medio de toda aquella destrucción que acababan de presenciar. Adam la consideró tan rara que sugirió buscar un camino para bajar, con el objetivo de estudiarla más de cerca.

—Yo sé lo que es —dijo *sir* Nathaniel— no hay necesidad de bajar. Las explosiones de la noche anterior han hecho surgir a la superficie capas más profundas de la corteza terrestre. Eso que estamos observando es un extenso estrato de arcilla blanca, a través de la cual el gusano halló el camino natural hasta su madriguera. Puede notarse el brillo del agua de los profundos pantanos que deben hallarse mucho más abajo. Pienso que su señoría no merecía ni semejante sepelio, ni semejante mausoleo...

• • •

Las experiencias de las últimas horas habían provocado tales trastornos en los nervios de Mimi, que era imperativo un cambio de paisaje si quería evitar una crisis nerviosa imborrable.

—Creo —dijo el anciano señor Salton— que ya es hora de que la joven pareja se marche para su luna de miel—. Y sus ojos brillaron con picardía al hablar.

La amorosa y tímida mirada que Mimi le dirigió a su noble esposo fue suficiente respuesta.

ÍNDICE

Estudio Preliminar 5

La Guarida del Gusano Blanco

I. La llegada de Adam Salton 7

II. Los Caswall de *Castra Regis* 12

III. La arboleda de Diana 21

IV. Lady Arabella March 27

V. El gusano blanco 38

VI. El halcón y la paloma 47

VII. Ulanga 54

VIII. Supervivencias 61

IX. El olor de la muerte 70

X. La cometa 77

XI. El cofre de Mesmer 86

XII. El cofre abierto 92

XIII. Las alucinaciones de Ulanga 98

XIV. Una nueva batalla 104

XV. Sobre la pista 114

XVI. Una visita de condolencia 117

XVII. El misterio de "la arboleda" 123

XVIII. El fin de Ulanga 128

XIX. Un enemigo en la oscuridad 134

XX. Metabolismo 141

XXI. La luz verde 150

XXII. Desde muy cerca 159

XXIII. En casa del enemigo 163

XXIV. Una propuesta sorprendente 172

XXV. La última batalla 181

XXVI. Cara a cara 189

XXVII. En el tejado de la torre 196

XXVIII. El estallido de la tormenta 205